고전古典 결박을 풀다 3

고전 결박을 풀다 3

누구나 알지만 아무도 끝까지 읽지 않은 책

초판 1쇄 발행 2018년 6월 10일

엮고쓴이 강신장
펴낸이 강신장
편집 임은실
디자인 임경섭
인쇄 영창인쇄

펴낸곳 모네상스
출판등록 제2016-000192호
주소 서울시 서초구 서초중앙로 18, 312호
전화 02-523-5655 **팩스** 02-587-5655
이메일 monaissance@daum.net
홈페이지 www.monaissance.com

ⓒ 강신장
ISBN 979-11-960583-3-3
ISBN 979-11-960583-0-2 (세트)

이 책의 국립중앙도서관 출판시도서목록은 서지정보유통지원시스템 홈페이지(http:// seoji.nl.go.kr)와
국가자료공동목록시스템 (http://www.nl.go.kr/kolisnet)에서 이용하실 수 있습니다.
CIP 제어번호: CIP2018011352

누구나 알지만 아무도 끝까지 읽지 않은 책

고전古典 결박을 풀다 3

강신장 엮고씀

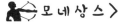

고전은 두껍다는 결박을 풀었습니다.

고전은 어렵다는 결박을 풀었습니다.

고전은 불가능한 산이라는 당신의 두려움을

단칼에, 시원하게 풀었습니다.

고전(苦戰) 없는 고전(古典) 읽기가 시작됩니다.

고전(古典)의 고정관념을 단칼에 풀다

김욱동 (서강대학교 명예교수)

19세기 미국 작가 마크 트웨인은 고전을 두고 "제목은 누구나 잘 알고 있지만 막상 아무도 읽지 않은 책"이라고 정의를 내린 적이 있다. 해학 작가로서의 트웨인의 기지가 보석처럼 빛을 내뿜는 말이다. 그러나 그의 말에는 그저 웃어넘기지 못할 진실이 담겨 있다. 가령 레프 톨스토이의 〈전쟁과 평화〉를 읽어보았느냐고 물어보면 고개를 내젓기 일쑤다. 그런가 하면 〈전쟁〉은 읽었는데 〈평화〉는 아직 읽지 못했다고 우스갯소리로 말하는 사람들마저 있다.

이렇듯 고전이란 히말라야 산처럼 이름은 익숙해도 쉽게 오르기 어려운 높고 험준한 산과 같다. 고전의 반열에 올라 있는 작품을 처음 한두 쪽 읽다가 덮어버린 독자들이 적지 않을 것이다. 그렇다면 독자들은 왜 고전 작품을 마지막까지 읽어내지 못하고 도중에 덮어버릴까? 거기에는 여러 이유가 있을 터이지만 무엇보다도 고전은 어렵다는 선입견에 사로잡혀 있기 때문이다.

알렉산드로스 대왕이 고르디우스의 매듭을 단칼에 풀었듯이, 고전을 읽는 사람은 먼저 고전이 난해하다는 고정관념의 매듭을 풀어내야 한다. 물론 고전은 세월의 풍화작용을 꿋꿋이 견뎌낸 작품인 만큼 접근하기가 녹록치 않은 것도 사실이다. 그러나 온갖 어려움을 견뎌내고 고전이라는 산의 정상에 오를 때 얻는 기쁨은 더할 나위 없이 무척 크다.

21세기에 모바일 기기를 통하여 모두의 르네상스를 돕겠다는 원대한 목표로 설립한 주식회사 '모네상스'에서는 독자들이 동서양의 고전을 쉽게 접근할 수 있도록 새로운 형태의 책을 선보이기로 하였다. 이 책에서는 고전의 줄거리와 메시지를 간결하게 요약한 텍스트를 강력한 그래픽 이미지와 결합함으로써 전통적인 도서의 한계를 극복하려 시도하였다. 말하자면 이 책은 '읽는 책'의 수준을 '보는 책'의 수준으로 한 단계 업그레이드시켰다. 또한 이 책의 독자들에게는 특별히 동영상 10편을 스마트폰이나 태블릿PC를 비롯한 디지털 기기를 통하여 볼 수 있게 제공함으로써 고전을 좀 더 쉽게 접근할 수 있도록 배려하였다.

21세기는 영상과 이미지의 시대다. 영상 매체가 활자 매체를 밀어내고 그 자리에 이미지의 제국을 세운 지도 벌써 여러 해가 지났다. 출판도 활자 매체에만 자신을 가두지 말고 독자와 새롭게 만날 다양한 방법을 고민해야 한다. 이러한 시대적 소명을 깊이 깨닫고 있는 모네상스와 강신장 대표에게 심심한 경의를 표한다.

고전(古典)계의 금서, 세상에 나오다

'해체주의 시대'가 온다

2010년, 세계적인 라이프 스타일 잡지인 〈베니티 페어*Vanity Fair*〉
는 50여 명의 전문가를 대상으로 1980년대 이후 최고의 현대 건축물
을 선정했다. 그들이 뽑은 최고의 건축물은 무엇이었을까?

무려 28명의 압도적인 지지를 얻은 것은, 바로 스페인 빌바오에 있는 '구겐하임 미술관'이었다. 그런데 이 작품은 기존의 건축물과는 달라도 너무나 다른, 이상한 모습을 하고 있다. 아무렇게나 덧댄 듯한 티타늄 갑판에 기울어지고 비틀어지고 휘어진 왜곡된 형태, 구성의 통일성도 질서도 없다. 도대체 건축 전문가들은 왜 이 미술관을 세계 최고로 꼽았고, 또 누군가는 '빚을 내서라도 가봐야 한다'고 극찬하는 걸까?

그것은 바로, 이전 건축물과는 다른 전혀 다른 방식의 생각과 시도가 들어있기 때문이었다. 구겐하임 미술관을 설계한 프랭크 게리는 종이를 임의로 구겨 만들어진 형상에서 설계의 영감을 얻어 더욱 유명해졌는데, 이런 우연적이고 즉흥적인 건축 스타일을 '해체주의 건축'이라고 한다.

해체주의는 1966년, 프랑스 철학자인 '자크 데리다'가 주창한 완전히 새롭고 반역적인 생각이다. 등장 당시, 학계에 충격과 반향을 불러일으키며 철학만이 아니라 커뮤니케이션, 예술, 영화와 음악에 이르기까지 우리의 생각과 생활 전반을 송두리째 바꿔놓은 이 개념은 무엇일까?

한마디로 '탈(脫), 비(非), 반(反)'이라 할 수 있다. 여태까지의 건축물이 미학적인 디자인과 경제적인 시공, 실용적인 공간 활용을 추구했다면, 프랭크 게리의 건축처럼 탈(脫)미학적이고 비(非)경제적인 시공, 반(反)실용적인 설계를 시도하는 것이다. 이렇듯 해체주의는 '당연'하고 '익숙'한 것과 과감히 이별하는 새로운 시각이자, 우리를 지배하고 있던 모든 기성적이고 권위적인 생각과 방식에 대한 저항이다.

이제 이전까지의 건축은 뻔하고 답답하고 지루한 것이 되었고, 프랭크 게리의 건축은 눈에 확 띄는, 재미있고 매력적인 것으로 사랑을 받는다. 구겐하임 미술관은 잊혀가는 스페인의 공업도시 빌바오를 한 해 100만 명이 찾는 세계적인 관광도시로 탈바꿈시켰다. 가장 비(非)경제적이고 반(反)실용적인 시도가, 아이러니하게도 가장 실용적이고 경제적인 성공을 이루어낸 것이다. 이것이 바로 해체의 힘이자 해체만이 갖는 치명적인 매력일 것이다.

이런 움직임은 건축에서 멈추지 않았다. 옷은 몸에 맞고 아름다워야 한다는 생각에 반항하며 등장한, 찢어지고 비대칭적인 '레이 가와쿠보'의 해체주의 패션은 전 세계적 트렌드가 되었고, 매력적인 모델과 상품, 큰 브랜드 로고를 내세우는 대신 강렬한 이미지 한 장으로 상품을 알리는 '베네통'의 해체주의 광고가 칸 광고제에서 그랑프리상의 영광을 안았다. 기존의 금기를 깨는 것들이 칭찬받고 상을 받는 시대, 당연하고 익숙한 것들에 대한 반역이 '죄'에서 '상'이 되는 시대가 온 것이다. 감히, 기존의 모든 것들에 금기를 깨부수는 '해체주의의 시대'가 왔다고 할 수 있겠다.

새로운 고전 읽기를 꿈꾸다

'한 사람이 가진 상상력은 그가 가진 레퍼런스의 두께에 비례한다.' 는 말이 있다. 좋은 레퍼런스를 많이 가지고 있으면, 누구든지 빛나는 생각을 할 수 있다는 뜻이다. 이런 점에서 고전은 인류가 축적한 가장 위대한 레퍼런스다. 세계인이 오랫동안 사랑한 최고의 책이기 때문이다. 하지만 고전은 '누구나 알지만 아무도 끝까지 읽지 않는 책'이다. 그 이유는 무엇일까? 결박을 두르고 있기 때문이 아닐까? 고전은 '어려움'과 '두꺼움', 그리고 '두려움'이라는 결박을 겹겹이 두르고 있다.

인문학적 감수성과 상상력의 힘을 믿고 'SERI CEO'를 만들어 1만 명이상의 경영자들과 공부했던 필자 역시, 30년 넘는 사회생활을 하면서 많은 책을 읽지는 못했다. 자기개발서와 경영·경제 도서들을 제외하고는, 인간과 인생을 공부하기에는 항상 부족했다. 반복되는 일상속에서 삶의 의미를 되새기고자 고전을 펼쳐들 때마다, 몇 장을 채넘기지 못하고 포기하곤 했다. 주요 고전에 대한 필자의 부끄러운 성적을 공개하자면, 단테의 〈신곡〉 10전 10패, 헤겔의 〈정신분석학〉은 5전 5패, 니체의 〈차라투스트라는 이렇게 말했다〉 역시 5전 5패!

합이 20전 20패라는 처참한 결과다. 이것이 과연 나 혼자만의 일일까? 비단 필자뿐 아니라, 고전을 펼쳐보았던 사람이라면 누구나 이런 쓰라린 성적표에 공감할 수 있을 것이다.
고전(古典)을 고전(苦戰)하지 않고 읽을 수 있는 방법은 없을까? 어떤 책보다도 쉽고 재미있게, 그러면서 작가가 우리에게 던지는 질문을 알아들을 수는 없을까?

고전 읽기의 결박, 해체주의로 풀어내다

고전 읽기에는 금기가 있어왔다. 줄거리를 요약해서는 안 된다는 것이다. 줄거리를 건드리는 것은 결국 이야기의 스포일러일 뿐, 원작을 훼손한다는 권위적인 생각 때문이었다. 이런 의식 때문에 평론가가 유용한 작품 평론을 주어도, 줄거리가 빠져있어 독자들의 이해를 얻기에는 부족했다. 덕분에 금기는 안전하게 지켜져 왔지만, 독자와 작품의 만남은 멀고도 험난한 길이 되었다. 그래서 필자는 몇 년 전, 지금까지의 고전 읽는 방식에 저항하는 해체주의적 작업에 도전해보기로 했다.

먼저, 서양 고전인 '그레이트 북스(Great Books)'를 뽑고 여기에 한국, 중국, 일본 등 동양 고전을 보완하여, 동서와 고금을 아우르는 인류의 고전 500권을 선정하였다. 두 번째로 문학과 철학, 역사 등 각 분야의 탁월한 평론가들에게 의뢰하여 해설과 평론을 받았다. 그 후 20여 명의 구성작가들이 고전의 줄거리를 해체하는 작업을 하였고, 거기에 해설과 평론을 융합하여, 5분짜리 영상용 원고로 재구성했다. 그리고 마침내 10여 명의 모션 그래픽 디자이너들이 텍스트로만 있던 원고를 다채로운 컬러와 이미지, 생생한 사운드와 음악을 넣어 살아있는 영상으로 전환하였다. 딱딱한 글을 이미지와 모션그래픽 영상으로 일으켜 세워, '읽는 고전'을 '보는 고전'으로 탈바꿈시킨 것이다.
그렇게 3년 가까운 시간을 거쳐, 텍스트로 된 고전을 5분 동영상으로 제작한 '고전5미닛'이 완성되었다.

이 세상의 누구도 아직 해보지 않은 시도였다. 고전이 갖고 있는 두꺼움의 결박에서 벗어나 5분으로 응축시켜(脫), 문자가 아닌(非) 이미지와 텍스트를 융합하여 마치 한 권 한 권의 그림책을 보는 것처럼 만들었다. 고전은 어렵고 두려운 대상이라는 생각에 반하여(反), 누구나 쉽고 편안하게, 그러면서도 깊이 있게 고전을 즐길 수 있도록, '탈(脫), 비(非), 반(反)'의 해체주의 정신으로 고전 읽기의 새 길을 연 것이다.

금기를 깬다는 두려움, 고전에 손대는 것은 천박하고 야만적인 것이라는 비난에 대한 걱정도 컸지만, 필자를 비롯한 모든 사람들을 위해 고전으로 향하는 길을 열어야겠다는 의지를 멈출 수 없었다. 다행히 많은 독자들이 고전에 대한 다리를 놓아주었다고 반응하여, 비록 5분이어도 정성을 쏟으면 삶의 지혜와 감동을 충분히 전달할 수 있다는 것을 알게 되었다.

금서, 세상의 빛을 보다

영상은 오감을 찌릿찌릿 자극하는 힘이 있다. 하지만 한 가지 단점이 있다면, 밑줄을 칠 수 없다는 것이다. 영상이 주는 감동을 넘어 손에 잡히는 고전을 위해, 31편의 영상과 원고를 정성껏 담아 책으로 엮었다. 이 책은 원전을 감히 손댈 수 없다는 권위의식에 대한 저항이자, 직접 읽어보지 않은 책은 알 수 없다는 기존의 관념에 대한 도전이다. 전통적 고전 읽기에 대해 반항하는 바쁜 현대인들을 위한 '금서'이다.

반복되는 삶의 결박에 묶여있던 분들, 고전 읽기의 고통 속에 결박되어 있는 분들 모두가 고전의 바다에 닻을 내리는 계기가 될 수 있다면 좋겠다. 정신없이 흘러가는 세상의 물결에 섞여 숨 가쁘게 내달리는 우리들을 위하여, 반역의 결과를 오롯이 선보인다.

고전의 결박을 풀어내어, 삶의 결박을 푸는 반역의 순간을 위해!

마지막으로, 머리 숙여 감사드려야 할 분들이 있다.
김욱동 선생을 비롯한 석영중·백승영·이주헌 등 탁월한 평론가 선생님들, 임은실·김선희 작가를 비롯한 20여 명의 구성작가들, 백창석

CL9 대표를 비롯한 10여 명의 모션그래픽 디자이너와 음악담당 제작진들, 투자와 협력을 해주신 카카오 김범수 의장과 임지훈 대표·유승운 대표·이진수 대표, ㈜모네상스 창업을 무한신뢰로 아낌없이 지원해주신 SK 최창원 부회장, 그리고 뒤에서 묵묵히 응원해준 사랑하는 가족에게 감사를 전한다.

2018년 6월 **강신장**

제1부 문학

1장 현대인, 방황과 불안 속에 핀 꽃

2장 환상문학 컬렉션

제2부 사상·교양

7장 아름다움을 찾다 사람을 보다, '예술'

8장 행복한 공동체 만들기, '정치 · 경제 · 사회'

9장 '철학', 멋진 인생을 가꾸는 힘

10장 세상을 바꾼 '과학' 명저

제1부 문학

1장 현대인, 방황과 불안 속에 핀 꽃

율리시스 _ 제임스 조이스

유혹자의 일기 _ 키에르케고르

말테의 수기 _ 릴케

"나는 이 소설 속에 너무나 많은 불가사의한 수수께끼를 감춰두었기 때문에
아마 학자들은 앞으로 몇 세기에 걸쳐 내 의도를 알아내는 데 바쁠 것이다."

제임스 조이스

1
율리시스

Ulysses, 1922

QR

모더니즘의 기원, 셰익스피어 이후 가장 풍부한 어휘가 구사된 문학작품

1장 한대인, 방황과 불안 속에 핀 꽃

제임스 조이스
James Joyce, 1882-1941, 아일랜드

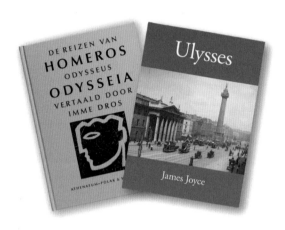

고대 그리스 문학의 백미(白眉), 호메로스의 〈오딧세이아〉를 아는가?
트로이 전쟁을 승리로 이끈 영웅 오디세우스의 모험담 〈오딧세이아〉.
기원전 8세기경 쓰였다고 전해지는 이 불멸의 고전은 1922년, 현대
판 〈오딧세이아〉인 〈율리시스〉로 다시 부활한다.
**율리시스(Ulysses)는 오디세우스(Odysseus)의 라틴어 이름이며,
〈오딧세이아〉의 10년에 걸친 모험은 〈율리시스〉에서 18시간으로
압축된다.**

1904년 6월 16일 아일랜드의 수도 더블린.

서른여덟 살의 유태인 리오폴드 블룸은 신문사 광고 외판원이다.

아들 하나와 딸 하나를 두고 있지만 죽은 아들을 못내 그리워한다.

그의 아내 몰리는 남성편력이 심한 소프라노 성악가다.

이날도 다른 남자와 정사를 벌이지만 그녀는 사실 남편의 사랑을 갈
망한다.

초등학교 교사로 근무하며 작가를 꿈꾸는 문학청년 스티븐 디덜러스.

그는 주정뱅이 아버지가 지긋지긋해 '정신적 아버지'를 찾아 헤맨다.

삶의 결핍과 공허, 상실감에 시달리며 무언가를 찾아 끊임없이 방황
하는 주인공들.

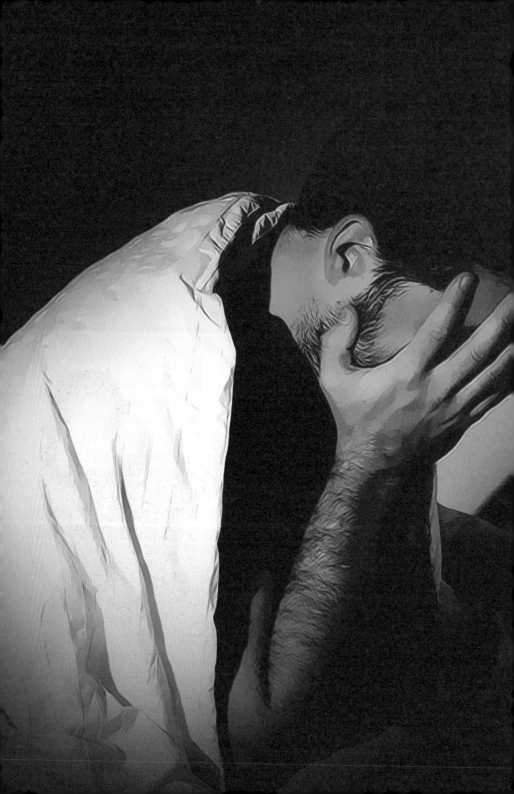

블룸과 디덜러스는 아침 8시부터 더블린 시내를 배회하다가 새벽 2시
가 되어서야 각자의 집으로 돌아온다.

식사를 하고, 고양이에게 먹이를 주고, 친구를 만나고, 장례식에 참석
하고, 일을 하고, 식당과 술집을 다니는, 지극히 단조롭고 평범한 그
들의 일상.
다른 한편으로는 간음하고, 성적 행위에 몰두하고, 사창가를 찾아가
고, 그리하여 지친 몸으로 잠자리에 돌아오는, 너무나 부질없고 부도
덕해서 연민마저 느끼게 하는 가련한 일상.

결국 이들이 매일 겪는 하루 18시간의 긴 방황은 삶의 소외와 고독에
빠진 현대인의 육체와 정신, 그리고 그들의 욕망과 결핍을 탐색하는
'현대인의 오딧세이아'인 것이다.

현대 영문학 최고의 작품으로 손꼽히는 〈율리시스〉.
제임스 조이스는 20세기 문학에 혁명을 일으킨 모더니즘의 선구자
로 평가받는다.

그는 '의식의 흐름'과 '내면의 독백'이라는 파격적이고 실험적인 기법
을 통해 심리소설의 새 장(章)을 열었다. 특히 아내 몰리가 독백하는
마지막 장면은, 구두점 하나 없이 40페이지를 넘겨 언어유희와 형식
파괴의 압권으로 평가된다.

"조이스의 작품에서 형식은 곧 내용이며 내용
이 곧 형식이다. 그의 작품은 어떤 것에 대하여
쓴 글이 아니라 그 어떤 것 바로 그 자체이다."
—새뮤얼 베케트

새뮤얼 베케트(1906-1989)

현대판 〈오딧세이아〉로 부르는 〈율리시스〉
는 서사시의 원형을 따르지만 이 두 작품의 인
물들은 서로 묘하게 대조를 이룬다.
오디세우스가 전쟁 영웅이라면 블룸은 평범한 샐러리맨이며, 오디세
우스의 아들 텔레마코스가 아버지를 존경해 그를 찾아 나선다면 스
티븐은 주정뱅이 아버지를 수치스럽게 여긴다.

오디세우스의 아내 페넬로페가 유혹을 물리치며 정절을 지킨다면 몰리는 뭇 남성들과 혼외정사를 즐기고, 오디세우스가 돌아가려는 집이 사랑하는 가족이 기다리는 고향이라면 블룸이 돌아가는 집은 사랑의 추억만이 쓸쓸하게 남아있는 곳이다.

그렇다면 조이스는 왜 신화와 현대를 대비시켰을까? 그는 10년간의 모험을 선택한 오디세우스의 여정이나 18시간이라는 길고 긴 방황의 하루를 선택한 블룸의 여정이 모두 같은 목적지를 향하고 있다고 본 것이 아닐까?
오디세우스, 블룸 그리고 우리 모두는 '진정한 사랑'이라는 목적지를 향해 긴 여행을 나선 삶의 여행자일지 모른다.

난해한 문체와 함축적인 문장들로 수많은 독자와 연구자를 당황시킨 책, 영문학사상 읽어내기 가장 어려운 책이 된 〈율리시스〉. 제임스 조이스 자신도 이렇게 말했다.

"나는 이 소설 속에 너무나 많은 불가사의한 수수께끼를 감춰두었기 때문에 아마 학자들은 앞으로 몇 세기에 걸쳐 내 의도를 알아내는 데 바쁠 것이다."

진정한 사랑을 찾아 더블린을 배회하는 블룸의 오디세우스를 보았는가?
그렇다면, 오늘 당신의 오디세우스는 어디쯤을 여행하고 있으며 또, 어떤 이야기를 담고 있는가?

작품 속 명문장

사내는 마치 뱀이 먹잇감을 노려보듯 여인을 뚫어지게 응시했다. 그
녀 안에 있는 여성적 본능이 그의 마성(魔性)을 자극했음을 여인은
직감했다. 불타오르는 듯한 홍조가 목구멍에서부터 치밀어 이마 언
저리까지 번지자, 그녀의 고운 얼굴빛이 찬란한 장미처럼 피어올랐다.

www.monaissance.com

"여인의 마음속에 들어가 사랑을 창조하는 것은 이미 하나의 예술적 재능이며,
여인의 마음에서 빠져나오는 것 또한 고도의 기술이다."

〈유혹자의 일기〉 중에서

2
유혹자의 일기

The Seducer's Diary, 1843

실존철학의 선구자 키에르케고르의 사랑 이야기

1장 한마디, 따뜻과 분잎 속에 핀 꽃

쇠렌 키에르케고르
Søren Aabye Kierkegaard, 1813-1855, 덴마크

사회적인 관계를 단절하고 쾌락적인 삶을 사는 나, 요하네스.

방탕한 생활에 빠져있던 어느 날, 나는 열여섯 살 코델리아의 아름다움에 마음을 빼앗긴다.

'치명적인 유혹'을 위한 계획을 세우는 나.

그녀를 흠모하는 에드바르드라는 청년을 도와주며 그녀 주위를 맴돈다.

매일 그녀 곁에 있지만 아무런 관심도 없는 척, 그녀의 고모와 진지한 대화만을 나눈다.

하지만 이미 나는 그녀의 취향, 가족사, 일상생활, 장점과 약점, 심지어 소유하고 있는 옷가지까지 모두 꿰뚫고 있다.

"이러한 아가씨를 사랑하기 위해서는 정직 이상의 것이 필요하다. 그것을 나는 가지고 있는데, 바로 거짓이다. 물론 나는 그녀를 진심으로 사랑한다."

에드바르드가 청혼하려는 순간, 내가 먼저 코델리아를 쟁취한다.

"상대를 놀라게 만드는 방법을 아는 사람이 항상 이기게 되어 있다."

하지만 막상 결혼 승낙을 얻고 나니 그녀에 대한 격정적인 마음과 에로틱한 사랑은 차츰 사라져갔다.

그녀는 나의 마음속에서 방치되기 시작했다.

쉽게 우수와 고독에 빠지는 나의 성격이 순탄한 결혼생활의 장애물이 될 것이라는 생각에 두려운 마음도 들었다.

나는 내 손에서 그녀를 놓기로 마음먹고 결국 파혼을 선언하였다.

어쩌면 나는 그녀를 사랑하는 것보다 그녀를 유혹하는 데 매력을 느꼈는지 모른다.

나의 사랑은 너무 낭만적이고 너무 꾸며진 것이었다.

나는 코델리아를 '심미적'으로 사랑했을 뿐이었다.

"나는 나를 신뢰하는 여자를 아주 완벽하게 심미적으로 대했다. 비록 그 사랑은 그녀가 속는 것으로 끝나지만, 사실 이것은 나의 미학이다."

실존주의 철학의 선구자 쇠렌 키에르케고르. 재혼한 하녀의 아들로 태어난 그는 출생에 대한 자괴감으로 방탕한 세월을 보내고, 스물네살이 되던 해 레기네 올젠이라는 여성을 만나 3년간의 열애 끝에 약혼하지만 열악한 가정환경과 결혼생활에 대한 불안감 때문에 이별을 통보한다.

레기네 올젠(1822-1904)

"만일 레기네에게 나 자신을 설명하려 했다면 나는 그녀를 무서운 것들 속으로, 이를테면 나와 아버지의 관계, 내 안에 둥지를 틀고 있는 저 영원한 밤, 나의 욕정과 방탕 속으로 끌어들이지 않을 수 없었을 것이다. 결국 나를 탈선하게 만든 것은 불안이기 때문이다."
—키에르케고르

파혼의 고통을 안고 창작에 몰두한 키에르케고르는 '은자 빅토르'라는 필명으로 철학서 〈이것이냐 저것이냐〉를 발표한다. 〈유혹자의 일기〉는 이 책의 일부분으로, 요하네스는 키에르케고르를, 코델리아는 레기네 올젠을 모델로 한 자전적 소설이다.

코델리아가 자신의 여인이 되려는 순간 그녀를 떼어내는 작업에 몰두하는 요하네스는, 유혹의 대상이 아닌 유혹하는 것 자체를 사랑했던 유혹자다.

"여인의 마음속에 들어가 사랑을 창조하는 것은 이미 하나의 예술적 재능이며, 여인의 마음에서 빠져나오는 것 또한 고도의 기술이다."

감성을 자극하는 쾌락과 심미적인 사랑에 익숙한 요하네스. 작가는 유혹자의 모습을 통해 감성이 지닌 영향력은 지성보다 더 크다고 말한다. 하지만 작가의 실제 인생은 소설 속 주인공의 삶과 사뭇 다르다. 레기네에 대한 사랑을 잊지 못한 키에르케고르는 평생을 고뇌 속

코펜하겐에 있는 키에르케고르 동상

에 살다가 자신의 작품 전부를 그녀에게 유산으로 남기고 떠났다.

'심미적 실존'과 '윤리적 실존' 사이에서 이것이냐 저것이냐를 끊임없이 질문하였던 키에르케고르. 작가의 고뇌와 번민은 21세기를 사는 현대인들에게도 여전히 유효한 질문이다

당신은 책임질 것이 두려워, 혹은 실패가 두려워
자꾸만 뒷걸음치는 또 다른 요하네스는 아닌가?

작품 속 명문장

옛날에 한 아가씨를 사랑한 시냇물 이야기가 있지요. 내 영혼도 당신을 사랑하는 시냇물과 같습니다. 나는 당신의 모습을 깊고 고요하게 비춥니다. 그러나 때로 당신을 내 안에 가두었다 믿고는 다시 당신을 잃지 않으려 거센 물결을 일으킵니다. 작고 부드러운 물결을 일렁여 당신의 모습과 유희하기도 하지만, 간혹 당신을 놓치고는 아득한 절망과 두려움에 커다란 파장으로 몸부림칩니다.

"사랑받는 것은 덧없는 것이고, 사랑하는 것은 지속되는 것이다."

〈말테의 수기〉 중에서

3
말테의 수기

The Notebooks of Malte Laurids Brigge, 1910

"말테는 나의 정신적 위기에서 태어난 인물이다."―릴케

라이너 마리아 릴케
Rainer Maria Rilke, 1875-1926, 독일

사람들은 살기 위해 이곳 파리로 몰려드는데, 나는
오히려 사람들이 죽기 위해서 이곳에 오는 것 같다.

스물여덟 살의 작가 지망생, 말테의 이야기는 이렇게 시작된다.
덴마크의 귀족가문에서 태어났지만, 이제는 안주할 곳 없는 방랑자
로 대도시 파리에 내던져진 말테.
청년 말테가 목격한 파리는 화려한 문화와 예술의 도시가 아니라 질
병과 죽음, 고독과 소외가 꿈틀거리는 곳이다.

　　좁은 거리 곳곳에서 냄새가 나기 시작했다. 요오드포름 냄새
　　며, 감자튀김의 기름 냄새며, 그것은 불안의 냄새였다.

어둡고 불안한 도시에 사는 사람들도 하나같이 누추하고 초라하다.
비틀거리며 발길을 옮기는 임산부, 길을 걷다가 갑자기 쓰러지는 사
람, 꽃양배추 수레를 끌고 가는 장님.
그뿐인가. 수줍은 목소리로 신문을 파는 소년, 길거리에 앉아 구걸하
는 여자, 식당에 앉은 채로 죽은 사람, 반신불수의 환자, 신경쇠약증
에 걸린 의과대학생……

살아있는 자들만 초라한 것은 아니었다.
죽은 자들을 위한 장례절차 또한 누구랄 것 없이 천편일률적이었다.

이 훌륭한 디외병원의 559개의 침대에서 사람들이 죽어간다.
마치 죽음의 공장과 같다.

말테는 획일화된 현대사회에서 인간이 '고유한 삶'을 상실한 것처럼
'고유한 죽음'도 상실했다고 탄식한다.
자기만의 죽음을 가지려는 소망이 갈수록 이루기 힘들어지는 것이다.
그가 이런 누추한 현실을 정면으로 마주하는 이유는 시인으로서 사
물을 바라보는 법을 배우기 위해서다.

나는 아무리 추악한 현실일지라도 삶을 위해서라면 모든 꿈을
기꺼이 내던지고 마주할 각오가 되어있다.

말테는 시인이 되려면 무엇보다도 구체적인 삶의 경험을 쌓아야 한다고 강조한다.

젊어서 시를 쓸 것은 아니다. 좀 더 기다려야 한다. 되도록 늙을 때까지 마치 벌이 꿀을 모으듯 삶의 의미를 모아야 한다. 시는 감정이 아니라 체험이기 때문이다.

그러나 말테는 누추한 현실에 절망을 느끼면서도 한 가닥 희망이 살아 숨 쉬고 있음을 보았다. 그것은 목적 없는 사랑.
말테는 사랑받기보다는 누군가를 사랑할 것을 권한다.

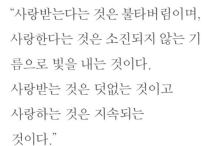

"사랑받는다는 것은 불타버림이며,
사랑한다는 것은 소진되지 않는 기름으로 빛을 내는 것이다.
사랑받는 것은 덧없는 것이고
사랑하는 것은 지속되는
것이다."

실존주의적 사상의 시적 대표자로 꼽히는 라이너 마리아 릴케의 유일한 소설 〈말테의 수기〉.

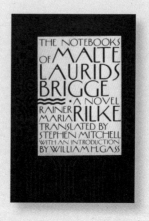

'로댕 연구'를 써달라는 부탁을 받고 프랑스 파리로 이주했던 스물일곱 살 청년 릴케는 대도시의 빈곤과 침체에 충격을 받는다. 낯선 도시에서 지독한 가난과 외로움을 견디며 대도시의 타락과 암흑, 허상과 참모습을 기록한 〈말테의 수기〉는 말테의 입을 빌린 릴케 자신의 이야기며, 자전적 소설이다

"말테는 나의 정신적 위기에서 태어난 인물이다." ─릴케

릴케는 특별한 사건도 통일된 줄거리도 없이, 인물과 서사 중심의 소설형식을 모두 포기한 채 메모, 산문시, 편지, 회상, 수필 등 다양한 형식을 빌린 수십 개의 몽타주로 자신의 내면세계를 생생하게 드러낸다.

"나는 지금 외톨박이다. 아, 비가 눈에 스며든다. 눈에 비치는 모든 것이 인생의 슬픈 이면과 패배한 모습뿐이다."

릴케는 무엇을 위해 이 도시의 절망과 패배, 고독과 공포, 빈곤과 죽음을 힘겹게 그려내고 있는가?

"중요한 것은 우리가 살아있다는 사실이다. 그것이 무엇보다도 중요하다."

시종일관 죽음에 대해 말하고 있지만, 사실 그가 말하려 한 것은 죽음의 또 다른 이름인 '삶'이 아니었을까?

그 누구의 것도 아닌 자기 자신만의 죽음을 원했던 릴케는, 장미꽃 가시에 찔려 죽었다는 신비스런 이야기를 남기고 1926년에 세상을 떠난다.

"아, 장미꽃, 순수한 모순의 꽃. 꽃잎과 꽃잎이 몇 겹씩 겹쳐져서 눈꺼풀처럼 누구의 꿈도 아닌 잠을 포근히 감싸주고 있네." —릴케의 묘비명

릴케는 이 작품을 통해 우리에게 실존적 질문을 던진다.

불안과 고통, 소외와 죽음을 멍에처럼 걸머지고 가야 하는 우리의 삶. 그렇기 때문에 더더욱 의미 있게 살아야 하는 것 아닐까?

작품 속 명문장

나는 때로 센 강 주변의 작은 가게들 앞을 지나간다. 그곳엔 고물상점
과 작다란 헌책방과 진열장 가득 동판화를 늘어놓고 파는 가게들이
있다. 가게에 들어가는 사람은 아무도 없다. 장사가 되지 않는 모양이
다. 안을 기웃거리니 가게 주인이 앉아 태평하게 책을 읽고 있다. 내
일을 근심하지 않고, 아등바등하지도 않는다. (…) 아, 이것으로 족하
다면 좋지 않은가. 나는 가끔 진열장에 물건이 가득한 가게를 하나 사
서 개 한 마리 데리고 한 20년 그곳에 앉아있고 싶다는 생각을 한다.

2장 환상문학 컬렉션

"모든 동물은 평등하다. 그러나 어떤 동물은 다른 동물보다 더욱 평등하다."

〈동물농장〉 중에서

4
동물농장

Animal Farm, 1945

20세기 최고의 정치 우화소설

조지 오웰
George Orwell, 1903-1950, 영국

"자, 동무들, 지금 우리의 삶은 어떻습니까?"
메이저 영감이 입을 열었다
"우리의 삶은 비참하고 고통스러우며 짧습니다. 우리는 비참한 노예 생활을 하고 있지요."
"무엇 때문입니까?"
"그것은 우리가 힘들여 생산한 것을 인간이 모두 빼앗아가기 때문입니다."

영국 시골마을의 '장원농장' 농장주인 존스 씨에게
오랫동안 학대받던 동물들의 분노가 극에 달했다.
그들은 급기야 새로운 세상을 동경하기에 이른다.
자유를 위한 반란이 일어났다.

"인간을 이 농장에서 몰아냅시다! 그렇게 되면 굶주리고 노동에 시달리는 일은 영원히 사라질 것입니다."

마침내 건설된 '동물농장'.
그들은 이제 인간이 아니라 자신들을 위해 일한다는 자부심으로 행복했다.
유토피아를 꿈꾸며 일곱 가지 계명도 만들었다.
동물농장 7계명은 다음과 같다.

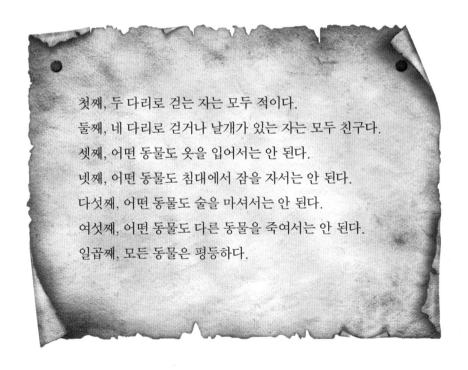

첫째, 두 다리로 걷는 자는 모두 적이다.
둘째, 네 다리로 걷거나 날개가 있는 자는 모두 친구다.
셋째, 어떤 동물도 옷을 입어서는 안 된다.
넷째, 어떤 동물도 침대에서 잠을 자서는 안 된다.
다섯째, 어떤 동물도 술을 마셔서는 안 된다.
여섯째, 어떤 동물도 다른 동물을 죽여서는 안 된다.
일곱째, 모든 동물은 평등하다.

일곱 번째 계명이야말로 가장 이상적이었다.
누구도 우대하지 않고 누구도 억압하지 않는 평등의 원칙.
그러나 얼마 지나지 않아 그들의 유토피아에도 이상 징후가 나타나
기 시작한다.

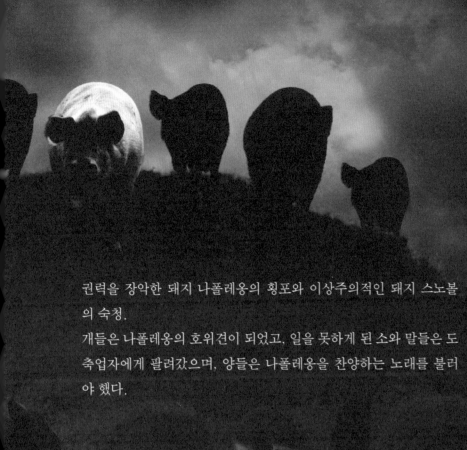

권력을 장악한 돼지 나폴레옹의 횡포와 이상주의적인 돼지 스노볼의 숙청.
개들은 나폴레옹의 호위견이 되었고, 일을 못하게 된 소와 말들은 도축업자에게 팔려갔으며, 양들은 나폴레옹을 찬양하는 노래를 불러야 했다.

'장원농장'과 다를 바 없는 '동물농장'.
모두가 평등한 유토피아는 없었다.

20세기 최고의 정치 우화소설 〈동물농장〉.
조지 오웰은 동물들의 권력다툼을 통해 무엇을
말하려고 했을까?

러시아 혁명 이후 스탈린이 집권한 소비에트
연방에서 일어난 독재와 전체주의를 신랄하게
비판한 조지 오웰.
소설 속의 장원농장은 제정 러시아를 뜻하고,
농장주 존슨은 니콜라이 2세다. 반란을 일으킨
동물들은 공산주의 혁명가들이고, 동물농장은
바로 소비에트 연방이다. 반란을 부추긴 메이
저 영감은 마르크스와 레닌을 말하고, 돼지 나
폴레옹은 다름 아닌 스탈린이며, 돼지 스노볼
은 트로츠키다.

레온 트로츠키(1879-1940)

당시의 야만적인 권력을 대담하게 풍자한 조지 오웰.
그의 비판은 비단 소비에트 전체주의에 국한된 것일까?

"모든 권력은 부패하기 쉽고 절대권력은 절대적으로 부패한다."
―존 액튼 경(영국 역사학자)

처음부터 독재를 일삼는 권력은 없다. 시작부터 무소불위의 힘을 휘두르지는 않는다.

약속했던 우유 분배가 공평하게 이뤄지지 않았을 때, 돼지들이 사과를 독차지했을 때, 암탉이 달걀을 전부 빼앗겼을 때, 그리고 풍차 건설을 위해 노예처럼 일할 때도 그들은 잠자코 있었다. 수군거리기만 할 뿐 항의하지 않았다. 권력의 횡포를 묵인하는 침묵이 권력의 타락을 도운 것이다.

'동물농장'의 최후를 통해 작가는 우리에게 묻는다.

당신들의 권력은 부패로부터 안전한가?
당신은 침묵으로 권력의 타락을 돕고 있지 않은가?

조지 오웰

작품 속 명문장

열두 개 목소리가 동시에 분노의 고함을 질러댔는데, 모두 한 목소리였다. 돼지들 얼굴에 어떤 변화가 일어난 건지 비로소 확연해졌다. 밖에 있던 동물들은 돼지를 바라보다 인간을 보고, 다시 인간을 바라보다 돼지를 보며 번갈아 시선을 돌렸다. 하지만 어느새 누가 돼지이고 누가 인간인지 분별할 수 없었다.

"극심한 고통이 내 안의 선(善)을 소진시키고,
이제 어둡고 사악한 생각이 유일한 벗이 되었다."

〈검은 고양이〉 중에서

5
검은 고양이

The Black Cat, 1843

QR

미국문학의 새로운 미(美)와 전율을 창조한 공포소설

에드거 앨런 포
Edgar Allen Poe, 1809-1849, 미국

나는 어렸을 때부터 온순하고 동정심 많은 아이였다.
특히 동물을 좋아했고, 동물들과 있을 때 가장 행복했다.
다행히 아내도 동물을 좋아해, 고양이와 새, 금붕어, 개, 토끼 등 많은
동물을 함께 기르고 있다.

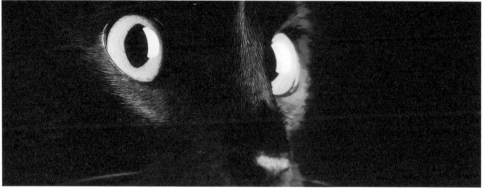

하지만 언젠가부터 나는 술에 빠져들었고, 자제력도 잃어 포악해지기 시작했다.

문제의 그날도 술에 취해 집에 들어갔는데, 우리 집 검은 고양이 플루토가 나를 반기기는커녕 기분 나쁘게 슬슬 피했다.

'어딜 감히!'

나는 술김에 플루토의 한쪽 눈을 잔인하게 도려내버렸다.

그런 일이 있은 후 플루토는 나를 더더욱 피하기 시작했다.

어느 날 내 안의 뒤틀린 기질이 또다시 발동했고,

나는 끝내 플루토를 죽이고 만다.

그리고 아무렇지도 않은 듯 깊은 잠에 들었는데…….

"불이야! 불!"
잔혹한 짓을 벌인 그날 밤 우리 집에 큰 화재가 발생했다.
'검은 고양이의 복수일까?'
아내와 나는 겨우 목숨은 구했지만 재산을 모두 잃고 말았다.

이후 절망을 딛고 새 출발을 위해 이사도 하고 고양이 한 마리도 새로 데려왔다.
그런데 그 고양이의 털 색깔과 애꾸눈이 플루토와 너무도 닮았다!
그 고양이를 볼 때마다 점점 플루토가 떠올랐다.
애써 참아보았지만 견딜 수가 없었다

결국 나는 악마 같은 광기에 사로잡혀 고양이를 죽이기로 결심했다.

그러나 그 순간 완강하게 나를 말리는 아내.
아내의 행동에 더욱 격분한 나는 고양이 대신 아내를 살해한다.
그리고는 아내 시체를 지하실로 끌고 가 한쪽 벽을 뜯고 그 속에 묻어버렸다.
"자, 이제 남은 일은 나를 이 지경으로 만든 그놈의 고양이를 찾아내는 거야!"

하지만 며칠이 지나도 보이지 않는 검은 고양이.
아내를 살해한 지 나흘째 되는 날, 갑자기 경찰이 집에 찾아왔다.
경찰은 집 안을 수색해야 한다면서 협조를 부탁한다.
아무 것도 찾지 못하는 경찰을 보며 안도의 한숨을 내쉬는 찰나, 도저히 믿을 수 없는 일이 일어난다.
벽 속에서 들려오는 정체불명의 끔찍한 비명소리!

그 소리는 마치 지옥에 떨어진 자와 그 파멸에 기뻐 날뛰는 악
마의 목구멍에서 동시에 흘러나오는 듯한 소리였다.

경찰이 그 벽을 뜯어내자 아내의 시체가 나왔고, 그 위에서는 지금껏
보이지 않던 검은 고양이가 섬뜩하게 울고 있었다.
교활한 소리로 나를 살인자로 만들고, 유혹의 소리로 나를 교수대로
인도한 바로 그 고양이었다.

유미주의와 초현실주의를 대표하는 작가 에드거 앨런 포의 〈검은 고양이〉.
에드거 앨런 포는 다수의 단편소설을 통해 오늘날의 공포소설, 공상과학소설, 판타지 장르의 초석을 깔았다. 그중 〈검은 고양이〉는 그의 대표적인 단편 공포소설이다.

실제로 에드거 앨런 포는 짧고 비극적인 생애를 보냈다. 아버지는 그의 생후 18개월에 가출하였고, 어머니마저 두 살 때 결핵으로 사망하여 그는 고아 아닌 고아로 자랐다. 학비가 없어 대학을 중퇴하였고 아내까지 결핵으로 사망했다. 이후 그는 마약중독과 우울증에 빠져 자살도 시도했다. 그리고 결국 아내가 죽은 지 2년 뒤에 술에 취한 채 길에서 사망한다.

불행 가득했던 삶 때문이었을까? 에드거 앨런 포는 〈검은 고양이〉에서 영혼까지 부서지는 주인공의 끔찍한 고통을 섬세하게 표현했고, 인간 내면에 깊이 감춰진 광기와 분노, 악마성 등 인간의 어두운 면을 치밀하게 파헤쳤다.

"술에 찌든 사악한 증오심이 온몸을 전율케 했다. 나는 아무렇지도 않게 그놈의 목을 잡고 한쪽 눈을 도려내버렸다."

지극히 평화로운 일상을 꿈꾸는 우리를 향해 에드거 앨런 포가 묻는다.

당신 안의 광기는 지금 잘 갇혀있습니까?

작품 속 명문장

나는 넋이 나가 비틀거리며 맞은편 벽에 몸을 기댔다. 계단에 있던 경찰들도 말 못할 공포와 두려움에 질려 그대로 얼어붙었다. 이어 열두 명의 건장한 팔이 벽을 때려 부수기 시작했고, 곧 벽이 그대로 무너졌다. 부패하고 피가 엉겨 말라버린 시체가 사람들 눈앞에 우뚝 드러났다. 시체 머리 위에는 그 악몽 같은 짐승이 새빨간 입을 딱 벌리고 외눈을 부릅뜬 채 앉아있었다. 교활하게 나를 꾀어 살인을 범하도록 만들고, 목소리로 나를 일러바쳐 교수형 집행인에게 넘긴 그 불길한 짐승이. 나는 그 괴물을 벽 속에 넣고 그대로 발라버렸던 것이다.

"원고는 불타지 않는다."

〈거장과 마르가리타〉 중에서

6
거장과 마르가리타

The Master and Margarita, 1940

소련 정권의 탄압 속에 피어난 러시아 낭만주의의 걸작

미하일 불가코프
Mikhail Bulgakov, 1891-1940, 러시아

스탈린 치하 소련.

악마 볼란드가 세 명의 수행원 파고트와 베헤모트, 아자젤로를 대동
하고 나타난다.

그들은 왜 갑자기 모스크바에 왔을까?

돈과 권력, 허세와 관료주의, 속물성에 미쳐가는 엘리트들을 조롱하기 위해서다.
또한 살인범, 미치광이, 사형수, 밀고자, 자살자, 도박꾼, 사기꾼, 강간범들의 유령을 불러 모아 악마들의 무도회를 열기 위해서다.

볼란드는 이 무도회의 안주인을 물색하다가 마르가리타를 발탁한다. 그녀는 갑자기 사라진 내연남의 행방을 몰라 눈물로 세월을 보내는 미모의 유부녀다.

마르가리타의 내연남은 아르바트 거리의 셋집에 칩거하며 소설을 집필 중이었다.
여자는 남자를 '거장'이라 불렀고 노란색 비단으로 'M'을 새겨 넣은 검은 모자를 선물했다.
거장과 마르가리타의 잊을 수 없는 황금시대였다.

그러나 소설이 완성됨과 동시에 그들은 파멸했다.
스탈린의 공포정치 아래에서 인간 영혼의 위대함을 다룬 소설은 범죄와 다를 게 없었다.
거장은 하루아침에 국가의 적이 되었고, 신문들은 그를 처단하라고 떠들어댔다.
거장은 공포와 고독 속에서 마침내 필생의 원고를 불태우고 스스로 정신병원에 들어갔던 것이다.

무도회의 안주인 역할을 흡족하게 해낸 마르가리타.
볼란드는 약속대로 정신병원에서 거장을 빼내온다.

"당신의 소설을 읽어보고 싶소."
"유감스럽게도 그럴 수 없습니다. 소설을 난로에 던져 태워버렸습니다."
"그런 일은 있을 수 없어. 원고는 불타지 않소. 베헤모트, 소설을 가져와."

그러자 온전히 보존된 거장의 원고가 기적처럼 눈앞에 나타났다.
사라진 것은 아무것도 없었다.
얼마 후 거장과 마르가리타는 영원한 안식의 세계로 함께 날아간다.

마르가리타는 거장에게 당부한다.
"어디로 가든 소설만은 가져가야 해요!"
그러자 거장이 말한다.
"그럴 필요 없어요. 나는 다 외우고 있으니까. 이젠 절대로 아무 것도
잊지 않을 거요."

20세기 러시아문학의 거장 미하일 불가코프의 〈거장과 마르가리타〉.
소비에트 사회를 통렬히 비판한 풍자소설이자, 시공간을 넘나드는
환상소설이며, 괴테의 〈파우스트〉에 버금가는
철학소설이다.

"불가코프는 우리 편이 아니다"라는 스탈린의
논평 때문에 작가로서 사형선고를 받은 그의 작
품들은 사후 20여 년이 지나서야 하나둘 출간되
기 시작했다.

스탈린(1879-1953)

"원고는 불타지 않는다."
이것은 불가코프를 지탱해준 신념이었다. 가혹한 시대를 견뎌내고
불멸의 문학을 창조해낸 힘이었다. 모든 것이 사라진다 해도 인간의
정신은 결코 소멸되지 않으며, 문학은 그 불멸의 정신을 기록한 것이
기에 더욱 위대한 것이다.

그러나 어디 문학뿐이겠는가.

날마다 삶의 흔적을 남기며 살아가는 우리가 자신을 배신하지 않고
절망에 굴복하지 않으며 스스로 선택한 길을 전력을 다해 걸어갈 때,
우리의 삶 또한 불타지 않는 원고가 되는 것이 아닐까?

작품 속 명문장

마르가리타가 거장에게 소리쳤다. "그 소설만은 당신이 어디로 가든 꼭 가져가야 해요!" "그럴 필요 없소." 거장이 말했다. "나는 다 외우고 있으니까." "하지만 한 마디라도…… 한 마디라도 잊게 되면 어떡하나요?" 마르가리타는 연인에게 다가가 그의 상처 난 관자놀이에서 피를 닦아내며 물었다. "걱정 말아요. 이젠 절대로 아무 것도 잊지 않을 거요."

3장 **신과 인간 사이**

신곡_ 단테 알리기에리

실낙원 _ 존 밀턴

기탄잘리 _ 타고르

"여기로 들어오는 모든 이들은 희망을 버릴지어다."

〈신곡〉 '지옥편' 중에서

7
신곡

The Divine Comedy, 1321

QR

"인간의 손으로 빚은 최고의 작품" —괴테

단테 알리기에리
Dante Alighieri, 1265-1321, 이탈리아

35살이 된 작가 단테는 인생의 반을 살았음에도 길을 잃고 어두운 숲에 서 있는 것만 같았다.

혼란에 빠진 그의 앞에 어느 날 세 마리 짐승이 나타난다.

표범과 사자 그리고 암늑대로, 이들은 각각 음란과 오만, 탐욕을 상징했다.

세 가지 죄악을 맞닥뜨린 위기의 단테에게 길잡이를 자처하며 나타난 고대 로마 시인 베르길리우스.

1300년 3월 25일 성(聖)금요일에 두 사람이 영적인 순례를 떠나는 것으로 〈신곡〉은 시작한다.

지옥편

지구 중심에 있는 아케론 강*을 건너 지옥 입구에 다다른 단테.

문 위에는 이런 글귀가 적혀있었다.

• 그리스 신화 속의 강으로, 슬픔과 비통함을 상징.

"여기로 들어오는 모든 이들은 희망을 버릴지어다."

지옥은 아홉 구역으로 나뉘어 있고, 죄지은 영혼들은 죄질에 따라 벌을 받고 있었다.
신앙심이 없는 자, 애욕에 집착하는 자, 탐욕스러운 자, 구두쇠와 낭비벽이 있는 자, 분노하는 자, 이단자, 자살자, 사기범, 반역자…….

첫 번째 영역에는 호메로스, 오비디우스, 소크라테스, 유클리드, 히포크라테스 등 고대에 훌륭한 업적을 쌓은 인물들도 섞여있다.
서양에 기독교가 전파되기 전에 태어나 세례를 받지 못한 불운으로 온 것이다.

지옥계의 실질적인 고통은 두 번째 단계에서 시작된다.
애욕에 빠진 자들은 영원히 불안에 떨어야 하는 벌을 받고, 탐식의 죄를 범한 자는 자신의 배설물 위에 앉아 있는 벌을 받기도 한다.

울음과 고통의 비명들이 별빛조차 없는 까만 하늘에 울려 퍼졌다. 나는 그 끔찍한 소리에 그만 눈물을 흘렸다.

한 영역씩 나아갈 때마다 더 끔찍한 고통을 받는 자들이 등장하는데, 마지막에 이르면 악마 루시퍼가 얼어붙은 얼음 위에 앉아서 세 명의 대역죄인 카시우스와 브루투스*, 유다의 머리통을 잡고 갉아먹는 장면이 나온다.

단테는 이 대목을 가장 인상 깊은 공포 장면으로 묘사한다.

연옥편

피와 악취, 비명으로 뒤범벅된 지옥에서 3일을 보낸 후 두 사람은 '연옥'에 이르렀다.

이곳은 천국에 들어갈 기회를 아직 잃지 않은 사람들이 자신의 죄를 씻는 정죄(淨罪)의 산.

연옥 역시 아홉 단계로 이루어져 있다.

하지만 지옥과 달리 산 정상에 있는 낙원에 닿겠다는 의지로 가득 찬 사람들이 부지런히 정진하는 곳이다.

동행한 베르길리우스가 단테에게 말한다.

"한 발자국도 뒤로 물러나지 마라. 더 경험 많은 안내자가 나타날 때까지 산을 계속 올라야 한다."

• Cassius와 Brutus는 고대 로마 공화정 말기의 정치가 · 군인으로, 카이사르 암살에 참여했다.

높은 연옥의 계단을 힘들게 오르며 인간의 일곱 가지 죄악, 즉 교만, 질투, 게으름, 분노, 탐식, 육욕, 인색에서 하나씩 벗어난 단테는 마침내 연옥의 마지막 단계를 지나 천국의 입구에 서게 된다.

천국편

천국으로 들어가기 전, 동행자 베르길리우스가 단테에게 작별을 고한다. 세례를 받지 않아 천국에 들어갈 수 없는 몸이었기 때문이다.

"지성과 기술로 널 여기까지 데려왔으나, 이제부터는 그대의 기쁨이 너의 안내자가 될 것이다."

천국으로 안내하는 '그대의 기쁨'은 바로 성녀가 된 단테의 아름다운 연인 베아트리체였다.

베아트리체는 꽃들이 가득 피고 새들이 지저귀는 지상낙원에서 단테를 맞는다.

그녀의 신비와 권능에 압도되어 온전히 바라볼 수 없었던 그의 영혼은 오랫동안 간직해온 사랑의 힘을 느꼈다.
그녀의 아름다움에 압도된 단테가 자신의 죄를 고백하자, 그녀는 단테를 위로하며 '오직 사랑만이 인간을 구원할 수 있다'고 말해준다.

순례의 마지막 날, 단테는 가장 순수한 빛이 비치고 천사들의 합창이 울려 퍼지는 천국의 마지막 하늘까지 경험한 뒤 비로소 현실로 돌아온다.

"감히 영원한 빛을 볼 수 있도록 허락하신 은총이시여, 제 눈은 그 빛 속에서 가능성의 끝에 이르렀습니다."

이탈리아의 시성(詩聖) 단테 알리기에리가 자신의 영적 나들이를 생생하게 기록한 〈신곡〉.

정치와 종교, 문학, 철학 등 모든 주제를 끌어안은 〈신곡〉은 중세의 종교관과 우주에 관한 거의 모든 지식의 집대성이며 14세기의 세계상을 보여주는 백과사전이기도 한다.

이 서사시는 지옥편, 연옥편, 천국편 3부로 이루어졌는데, 〈신곡〉에서 3이라는 숫자는 삼위일체를 뜻하는 성스러운 숫자다. 지옥, 연옥, 천국은 아홉 단계로 나뉘는데 9는 3의 제곱수이다. 시 형식 또한 3행이 하나의 연을 이루고 각 편은 33개의 노래 들로 이루어져 있는데, 서곡까지 포함하면 모두 100개의 노래로 구성된 셈이다. 100은 완전수를 상징한다.

단테의 피안 순례는 하느님의 섭리를 깨닫고 신의 거대한 기획을 하나하나 알아가기 위한 일종의 견학이다. 일주일간의 순례 속에서 여러 교황과 왕들, 권력자, 학자와 예술가, 온갖 범죄자와 추문의 주인공들을 만나고 자신의 친척과 친구들도 만나며, 그 과정에서 삶과 죽음, 죄와 벌, 그리고 선의 의미를 알게 된다.

책의 시작에서 혼돈과 두려움에 빠졌던 작가 단테는 이 여정을 통해
인간으로서의 기쁨과 위안을 찾고, 마지막에는 완전에 이른 자신을
보게 된다. 결말이 해피엔딩이라 단테는 이 책의 제목을 '코메디아
(희극)'라고 붙였다.

도메니코 미 미첼리노, 〈신곡을 손에 들고 있는 단테〉(1465)

신(神) 중심이었던 중세 유럽에 인간 중심의 '휴머니즘'이 도래함을
알린 이 작품은 문학은 물론 회화, 조각, 음악 등 여러 분야에도 영향
을 미쳤다. 괴테는 〈신곡〉이 "인간의 손으로 빚은 최고의 작품"이라

극찬했고, 영국의 비평가 엘리엇은 이 책이 "셰익스피어의 희곡 전부를 합한 것보다 더 위대하다"고 말했다.

이 책에서 단테는 우리에게 묻는다. 인간은 어떻게 구원받을 수 있는가. 신을 통해서인가, 아니면 사랑을 통해서인가? 그는 단연코 '사랑'이라 말한다!

당신에게도 영혼을 구원할 만큼 순수한 사랑의 기억이 있는가?
당신만의 베아트리체를 간직하고 있는가?
그렇다면 당신은 이미 천국에 살고 있는 것이다.

헨리 홀리데이, 〈베아트리체를 만난 단테〉(1883)

작품 속 명문장

이 광활한 세계 안에서는 슬픔이나 목마름이나 굶주림이 없는 것처럼, 우연한 것은 조금도 있을 수 없다. 네가 이곳에서 보는 모든 것들은 완벽하고 영원한 섭리에 의해 미리 정해졌기에 반지가 손가락에 맞듯이 꼭 들어맞는다.

www.monaissance.com

"나는 너희를 낙원에서 쫓아내,
너희들의 근원인 흙이나 갈면서 살아가도록 하려노라."

〈실낙원〉 중에서

8
실낙원

Paradise Lost, 1667

17세기 인문교양의 결정체, 근대 청교도 정신의 꽃

존 밀턴
John Milton, 1608-1674, 영국

"태초에 인간이 하느님을 거역하고
금단의 나무 열매의 그 치명적인 맛 때문에
죽음과 온갖 재앙이 세상에 들어와
에덴을 잃었더니, 한층 위대한 한 분이
우리를 구원하여 낙원을 회복하게 되었나니
노래하라 이것을, 천상의 뮤즈여."

— 〈실낙원〉 도입부

귀스타브 도레의 〈실낙원〉 삽화(1866)

아담과 하와의 에덴동산을 보고 사탄은 눈물을 흘렸다.

"이곳은 천국과 같은 곳이구나. 이토록 아름답고 행복한 세상이라니.
하지만 어디에도 내가 있을 곳은 없으니 보고 있는 것만으로도 고통
스럽다. 하늘의 지배자가 공들여 만들고 사랑을 쏟아 붓는 인간이란
것, 저들을 파멸시켜 하늘에 복수하리라."

한때 서열 1,2위를 다투던 하늘의 대천사였으나 하느님이 독생자를
후계자로 선포하자 시기심에 반역을 일으킨 사탄.
어둠의 심연 아래 지옥으로 떨어진 그는 악의 마왕이 된다.

위험하게 하늘과 다시 전쟁을 벌이느니 하느님의 총아인 인간을 망
쳐놓기로 결심, 몰래 지구로 숨어든다.
사탄이 본 인간의 세상은 완벽했지만 이곳에도 금기가 하나 있었다.

'선악의 나무에 달린 열매는 절대 따먹지 마라.'

뱀으로 변신한 사탄은 하와를 유혹한다.
"만물의 여왕인 그대여, 이 열매를 먹으면 지혜에 눈을 떠 신과 같이
됩니다."
유혹에 넘어간 하와가 금단의 열매를 따 먹는 순간, 땅은 상처 입고
자연은 비통한 탄식을 토해냈다.

하와가 저지른 죄를 알고 망연자실하는 아담.
하지만 어찌 하겠는가…….

"그대는 내 살 중의 살이고 뼈 중의 뼈이니, 죽어도 함께 죽으리라."

아담도 결국 하와가 권하는 선악과를 먹었고, 이렇게 해서 선(善)만 알고 살았으면 충분할 인간은 악(惡)의 세계에도 눈을 뜨게 되었다.

하느님은 인간에게 약속한 두 가지 선물, 즉 행복과 불멸을 거둬들이고 고통과 죽음을 선고한다.
자신들이 초래한 재앙으로 죄악과 고통의 굴레가 대대손손 이어질 것을 알고 울며 회개하는 인류의 첫 조상.

그들의 기도는 하늘에 닿았다.
그래도 더 이상 에덴의 주인의 될 수는 없었다.
하느님은 천사를 보내 아담과 하와를 낙원에서 내쫓으며 예언을 전한다.

"한 가지 악행을 여러 가지 선행으로 갚으며 살라. 훗날 인간 세상에 나의 독생자를 보내 너희의 죄를 씻게 하고, 선한 자들과 함께 새로운 천국을 만들 것이다."

인간의 원죄(原罪)와 그로 인한 낙원 상실의 비극을 다룬 존 밀턴의 〈실낙원〉. 고전 서사시의 전통을 계승하면서도 기독교적인 가치와 미덕을 잘 담아낸 이작품은 고전문학과 철학, 과학, 종교,
예술이 유기적으로 결합된 17세기 정신세계와 인문교양의 결정체다.

〈실낙원〉은 단테의 〈신곡〉과 함께 최고의 종교 서사시로 꼽힌다. 왜냐하면 〈신곡〉이 인간이 저지르기 쉬운 죄와 그 벌들을 상세히 적음으로써 죄를 멀리하고 구원에 대한 소망을 품게 하였다면, 〈실낙원〉은 인간을 타락으로 이끈 사탄의 집념을 상세하게 그려냄으로써 삶에서 우리를 실족(失足)시키는 악의 인자들이 무엇인지 숙고하게 하기 때문이다
단테의 〈신곡〉이 르네상스 정신의 꽃이라면, 밀턴의 〈실낙원〉은 바로 근대 청교도 정신의 꽃이라 할 수 있다.

밀턴은 아담과 하와의 타락을 단순한 재앙으로 그리지 않았다. 〈실낙원〉 도입부에서 엿볼 수 있듯이 "한층 위대한 한 분", 즉 예수 그리스도가 나타나 마침내 인류를 구원하기 때문이다. 죄를 지었기 때문

에 역설적으로 예수 그리스도라는 더 큰 축복을 맞는 것이다. 그래서 밀턴은 인류 조상의 타락을 펠릭스 쿨파(Felix Culpa), 즉 "행복한 타락(Fortunate Fall)"이라고 했다.

위기를 기회로 만드는 반전의 정신은, 밀턴이 과로로 실명을 했음에도 주저앉지 않고 딸에게 구술하여 이 역작을 완성한 것과도 무관하지 않을 것이다. 이 작품으로 밀턴은 셰익스피어 다음가는 영국의 대

시인이 되었다.

"그대는 충분히 지혜를 얻었으니 더 이상은 바라지 말고 이제 그 지혜에 알맞는 행동만을 더하라. 믿음과 덕성, 인내와 절제, 사랑, 그리고 좋은 것들 중에서도 가장 좋은 것인 자비를 더하면 그대 안에 행복한 낙원을 얻게 되리라."

하늘에서 보낸 천사가 에덴을 떠나는 아담에게 준 위로의 말이다.
아담과 하와는 눈물을 닦았다.
그리고 함께 손을 잡고 세상을 향해 발걸음을 떼었다.
인류가 절대 잊을 수 없는 첫 발자국이다.

당신 안에 낙원의 기억이 있다.
낙원의 꿈을 절대 포기하지 말기를.

작품 속 명문장

아담과 하와는 고개를 돌려 이제까지 그들의 행복한 터전이었던 낙원의 동쪽을 바라보았다. 공중 위에서는 불칼이 춤을 추고, 문간에는 사나운 얼굴들과 불의 무기가 진을 치고 있었다. 눈물이 솟구쳐 흘렀으나 그들은 이내 눈물을 닦았다. 새로이 살아갈 땅을 선택하도록 온 세상이 그들 앞에 펼쳐져 있다. 이제 섭리가 그들을 이끌 것이다. 두 사람은 손을 마주잡고, 에덴을 지나 쓸쓸하게 방랑길을 떠난다.

"내가 오랫동안 꿈꿨던 세계를 보여주는 최상의 문학적 산물."

W. B. 예이츠

9
기탄잘리

Gitanjali, 1910

시성(詩聖) 타고르에게 동양 최초의 노벨문학상을 안겨준 시집

라빈드라나드 타고르
Rabindranath Tagore, 1861-1941, 인도

윌리엄 버틀러 예이츠(1865-1939)

1912년, 아일랜드의 시인 예이츠는 친구에게서 시 원고 한 뭉치를 건네받았다.

인도의 어느 시인이 썼다는 시들은 대번에 그를 사로잡았다.

그는 여러 날 동안 이 원고를 가지고 다니면서 기차 안에서, 버스에서, 혹은 식당에서도 읽었다.

낯선 사람이 그가 얼마나 감동하는지 알아볼까 두려워 가끔 그 원고를 덮어두기도 했다.

예이츠는 원고를 소개한 친구에게 말했다.

"이건 당장 책으로 나와야 해. 내가 서문을 쓰지."

이렇게 해서 서구에 알려진 시집 〈기탄잘리〉.

동양인 최초의 노벨상 작가가 탄생하는 순간이었다.

당신은 나를 영원하게 하셨으니,
그것이 당신의 기쁨입니다.
이 여린 그릇을 당신은 비우고 또 비우시고
새로운 생명으로 채우고 또 채워주십니다.

당신은 이 가냘픈 갈대피리를
언덕과 골짜기 너머로 지니고 다니며,
영원히 새로운 곡조를 불어넣습니다.

당신의 불멸의 손길이 닿자
나의 작은 가슴은 한없는 기쁨에 젖어
형언할 수 없는 소리를 냅니다.

라빈드라나드 타고르는 '인도의 시성(詩聖)'이라 불린다.
캘커타 명문 집안의 열넷째 아들로 태어나 17세에 영국으로 유학한
뒤 고향에서 문학 창작에 힘썼다.
인도 벵골어로 출간된 그의 시집 〈기탄잘리〉(1910) 등에서 총 103
편의 시를 추려 직접 영어로 번역했고, 이것이 예이츠가 서문을 쓴 영
문판 〈기탄잘리〉(1912)다.

"신에게 바치는 송가(頌歌)"라는 뜻을 가진 이 시집이 영국에서 처음
출간되었을 때 유럽인들이 받은 충격은 대단했다.
동양적인 풍취, 지적이며 관조적인 아름다움, 소박한 시어(詩語)에
깃든 깊이와 오묘함······.
이제껏 접하기 어려웠던 새로운 시 세계였다.

당신이 나에게 노래 부르라 명하시면
내 가슴은 자랑으로 터져나갈 것만 같습니다.
당신을 올려다보는 내 두 눈에 눈물이 차오릅니다.
내 생의 거칠고 비뚤어진 모든 것들이 한데 녹아서
달콤한 화음이 되어 흘러내립니다.

신(神)에 대한 사랑과 갈구를 남녀 간의 연서(戀書)로 표현한 시집
〈기탄잘리〉.
그러나 이 시에 등장하는 '당신'은 기독교의 유일신과 다르다.
힌두교 경전 〈우파니샤드〉에 바탕을 둔 범신론적 신이기 때문이다.

> 나는 삼라만상에서 당신의 모습을 보고
> 삼라만상에서 당신과 교제하며
> 밤낮을 가리지 않고 당신에게 사랑을 바칩니다.

이 시집이 서구에 소개된 이듬해인 1913년, 타고르는 동양인 최초로
노벨문학상 수상자가 되었다.

"내가 오랫동안 꿈꿨던 세계를 보여주는 최상의 문학적 산물."
영어판 〈기탄잘리〉의 서문을 쓴 예이츠의 찬사다.

"온 인류에게 사랑과 신념과 평화의 따뜻한 광명을 비춰주는 시집."
이 시집에 감동받고 프랑스어로 번역한 앙드레 지드의 헌사다.

"맑고 신선한 샘물을 마시는 느낌……. 깊고 희귀한 정신의 총체적인
아름다움을 창조한 시집."
노벨상 심사를 맡았던 스웨덴 시인 헤이덴스탐의 평이다.

우주 삼라만상에 존재하는 타고르의 '당신'
은 한국의 민족시인 한용운의 '님'을 떠올리
게도 한다. 〈님의 침묵〉 서두에서 한용운은
이렇게 말했다. "님만 님이 아니라 그리운
것은 다 님이다." 실제로 한용운은 타고르
의 시와 사상에서 적지 않은 영향을 받았다.
1920년대 시인 김억과 정지용도 타고르의
〈기탄잘리〉를 탐독했다.

만해 한용운(1879-1944)

시공을 초월한 매력으로 전 세계 독자를 사로잡은 만인의 시집
〈기탄잘리〉.

작고 보잘것없는 내게 충만한 용기를 주는 '그대'.
절망에 빠진 나를 희망으로 구원하는 '당신'.

사람이든 이상이든 목표든,
누구에게나 닿고 싶은 '그대'가 있다.
당신의 '그대'는 무엇인가?

타고르

작품 속 명문장

───────────

내 노래는 그녀의 치장을 던져버렸습니다. 이제 그녀는 이제 옷도 장
신구도 자랑하지 않아요. 어떤 장식도 우리 만남에 방해만 될 뿐, 우
리가 하나 되는 것을 막고 그것들이 짤랑대며 내는 소리는 당신의 속
삭임을 듣지 못하게 하니까요.

───────────

4장 셰익스피어 4대 비극

햄릿_ 윌리엄 셰익스피어

맥베스 _ 윌리엄 셰익스피어

리어 왕 _ 윌리엄 셰익스피어

오셀로 _ 윌리엄 셰익스피어

"인도와 셰익스피어 중 하나를 선택하라고 한다면
나는 단연코 셰익스피어를 택할 것이다."

토마스 칼라일(영국 역사가)

10
햄릿

Hamlet, 1601

QR

셰익스피어 문학의 대표작이자 4대 비극의 출발점

4장 셰익스피어 4대 비극

윌리엄 셰익스피어
William Shakespeare, 1564-1616, 영국

아버지가 독살 당했다.
범인은 왕위를 노린 숙부 클로디우스.
수치를 모르는 어머니는 숙부의 아내가 되었다.
약한 자여, 그대 이름은 여자다!
그는 슬픔에 빠져 복수를 결심한다.

"죽느냐 사느냐, 이것이 문제로다."

아버지의 원한을 갚고 싶지만 선뜻 행동으로 옮기지 못하는 덴마크의 왕자 햄릿.
선왕의 유령은 햄릿을 더욱 고뇌하게 한다.
"나의 복수를 하되, 너의 마음을 더럽히지는 마라."

동생이 형의 왕위를 찬탈하고 형수를 아내로 삼을 만큼 혼란과 무질서가 판을 치던 시대였다.
"시대의 관절이 어긋났구나. 오, 이 얼마나 저주받은 운명인가. 그것을 바로잡기 위해 내가 태어났다니."

선왕을 독살한 클로디우스 왕은 조카 햄릿을 끊임없이 위협한다.

때마침 햄릿에게도 그를 죽일 수 있는 기회가 찾아오지만 그는 이런 저런 이유를 대며 복수를 망설인다.
'회개 기도를 하는 중에 죽이면 복수가 아닐 거야. 편안히 천국으로 보내는 꼴이 되겠지.'

하지만 실성한 척 행세하던 햄릿은 권력에 영합한 신하를 죽이고 만다.
그 신하는 자신의 연인 오필리어와 친구 레어티스의 아버지인 폴로니어스.
이에 사랑하는 여인은 실성하여 물에 빠져 죽고, 의리를 맹세했던 친구는 칼을 겨누는 원수가 된다.

이제야 비로소 복수와 함께 악을 제거하고자 행동에 나서는 햄릿.
"저는 응징의 도구요, 신의 대행자입니다."

한편, 클로디우스 왕도 햄릿을 죽이려고 혈안이 돼있다.
햄릿과 레어티스의 결전에 독배를 준비하고 레어티스의 칼에 독을
묻히는 왕.
하지만, 왕이 햄릿을 겨냥해 준비한 독배는 그의 어머니가 마신 채
쓰러지고, 결투 중에 칼이 바뀐 햄릿과 레어티스는 서로를 찌른다.

그리고 칼에 찔린 채 마지막 힘을 다해 클로디우스를 찌르는 햄릿.
마침내 햄릿의 복수는 막을 내린다.

"이제 남은 것은 오직 침묵뿐."

영국이 낳은 세계적인 극작가 윌리엄 셰익스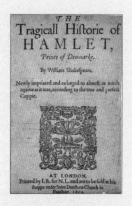
피어의 〈햄릿〉.

셰익스피어의 4대 비극 중 가장 먼저 발표된
〈햄릿〉은 작가 생전에도 가장 인기 있는 공연
이었고 지금도 활발하게 상연되고 있으며, 또
한 다양한 장르로 재탄생되고 있어 셰익스피
어 문학의 상징과도 같은 작품이다.

삶과 죽음, 정의와 불의, 진실과 허위 사이에서 갈등하는 지성인과 지
성주의를 고발한 작품 〈햄릿〉. 그는 왜 아버지의 복수를 주저하는가?
복수를 죄로 규정짓던 종교적 가르침과 아버지에 대한 복수를 신성
한 의무로 여기는 견해 사이에서 갈등했기 때문이다.

햄릿을 더욱 흔들리게 만든 것은 이율배반적인 유령의 명령이었다.
"나의 복수를 하되 너의 마음을 더럽히지는 마라." 복수하라는 명령
과 마음을 더럽히지 말라는 명령은 양립이 불가능한 명령이기 때문
이다.

햄릿은 유령이 정말 아버지의 혼령인지 아니면 살인을 부추기기 위
해 위장하고 나타난 악마인지 혼란스러웠고, 이로 인해 자아가 분열

되는 모습을 보이기도 한다. 주인공이 복수를 행동으로 옮기기 위해 먼저 해결해야 할 것은 분열된 자아의 극복이었다.

러시아의 작가 이반 투르게네프는 인간의 유형을 두 가지로 분류한다. 생각보다 행동이 앞서는 돈키호테형 인간, 그리고 행동보다 생각이 너무 많은 햄릿형 인간.

햄릿은 본질적으로 착한 인물이지만 우유부단하고 사변적이다. 어긋난 시대를 살아가는 창백한 지성인이다. 정의가 사라진 시대를 직면했지만 그는 내내 고뇌만 했다.
괴테는 햄릿의 감상적인 성격을 빗대 "아름다운 꽃만 꽂아두어야 할 값비싼 항아리"라 비유했고, 19세기 영국의 시인이자 비평가인 새뮤얼 콜리지는 지나치게 골똘히 생각하고 반성하는 햄릿을 마비된 지성의 상징이라 보았다.

삶은 선택의 연속이다. 그렇기 때문에 선택의 순간마다 갈등하고 주저하는 우리 모두는 햄릿이다. 셰익스피어가 묻는다.

당신은 지금 생각만 하고 있지는 않은가?

작품 속 명문장

"사느냐 마느냐, 그것이 문제로다! 이 가혹한 운명의 돌팔매질과 화살을 그대로 맞으며 견뎌내는 것이 고귀한 일인가? 아니면 무기를 들고 이 거대한 고통의 바다에 맞서 싸우다가 끝장을 내는 것이 더 거룩한 일인가?"

www.monaissance.com

"맥베스는 스스로 잠을 죽였다. 지금부터 영원히 잠들지 못하리라."

〈맥베스〉 중에서

11
맥베스

Macbeth, 1611

셰익스피어의 비극 중 가장 격렬하고 웅장한 작품

윌리엄 셰익스피어
William Shakespeare, 1564-1616, 영국

노르웨이 왕과 역적 맥도널드를 성공적으로 진압한 스코틀랜드의 장군 맥베스.
부하 뱅코와 함께 궁전으로 귀환하던 중 황야에서 세 마녀를 만난다.

"맥베스 만세! 앞으로 국왕이 되실 분! 뱅코 만세! 왕들의 조상이 되실 분!"

"내가 왕이 된다니, 진정 그런 일이 있을 수 있단 말인가!"
충직한 장군으로서의 덕성과 왕이 되고 싶은 야망 사이에서 갈등하고 주저하는 맥베스.

"왕을 죽여야 합니다. 욕망이 있으면서 행동하지 않는 것은 비겁합니다!"
반란을 부추기는 맥베스 부인.

결국 반란을 일으켜 국왕 덩컨을 살해하고 왕자들은 내쫓은 맥베스, 마침내 스코틀랜드의 왕이 되었다.

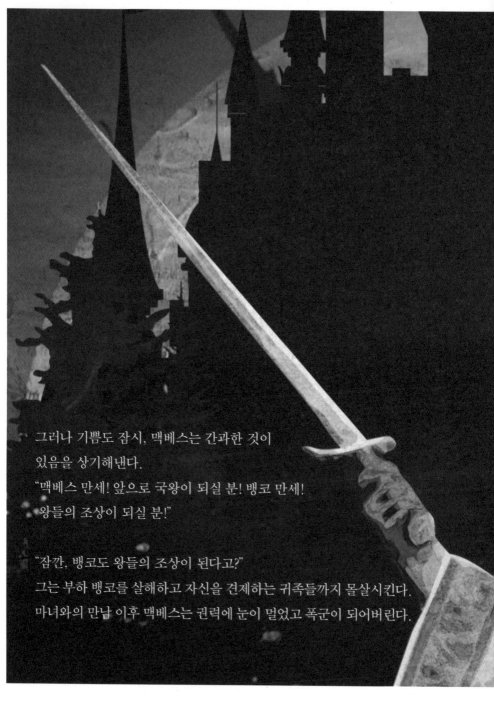

그러나 기쁨도 잠시, 맥베스는 간과한 것이
있음을 상기해낸다.
"맥베스 만세! 앞으로 국왕이 되실 분! 뱅코 만세!
왕들의 조상이 되실 분!"

"잠깐, 뱅코도 왕들의 조상이 된다고?"
그는 부하 뱅코를 살해하고 자신을 견제하는 귀족들까지 몰살시킨다.
마녀와의 만남 이후 맥베스는 권력에 눈이 멀었고 폭군이 되어버린다.

맥베스 윌리엄 세익스피어

새로운 왕 맥베스가 자축의 연회를 할 때 갑자기 나타난 뱅코의 망령.

"맥베스는 스스로 잠을 죽였다. 지금부터 영원히 잠들지 못하리라."

죄의식으로 공포와 불면에 빠진 맥베스 부부.
몽유병에 걸린 맥베스 부인은 그만 절벽 아래로 몸을 던져 자살하고,
맥베스 또한 잉글랜드의 지원을 받은 왕자들의 칼에 맞고 최후를 맞
이한다.

셰익스피어의 4대 비극 가운데 가장 마지막으로 발표된 〈맥베스〉. 영국의 비평가이자 셰익스피어 연구가인 A.C. 블래들리는 〈맥베스〉를 "셰익스피어의 비극 중 가장 격렬하고 가장 함축적이며 가장 웅장한 작품"이라 평했다.

국왕 덩컨의 충신이자 뛰어난 장군으로서 반란군을 성공적으로 진압한 맥베스는 왜 돌연 반역자가 되었을까? 황야에서 만난 세 마녀의 선동은 일종의 자극제였을 뿐, 근본적인 원인은 맥베스의 내면에 자리 잡은 욕망이다.

"별들이여 어서 숨어라! 빛이여, 검고 깊은 내 욕망을 비추지 마라!"
—맥베스

인간은 선과 악, 미와 추, 깨끗함과 더러움을 함께 품고 있으며, 그래서 우리 마음은 서로 다른 가치와 생각들이 충돌하는 모순의 전쟁터다.
왕좌에 앉은 맥베스가 불면과 환영의 고통에 시달리는 것도 죄의 크기 때문이 아니라 죄의식의 크기 때문이다. 몰락을 코앞에 둔 맥베스가 자살 대신 싸움에서 칼을 맞는 최후를 택한 것은 나름의 자기응징 방식이었으며, 이것이 맥베스를 진정한 비극의 주인공으로 만든다.

셰익스피어는 이 작품을 통해 무엇을 말하고 싶었을까? 맥베스를 파멸시킨 것은 신탁이나 운명 같은 외부의 힘이 아니라 그의 욕심과 야망이라는 것. 내면의 욕망은 우리를 성장시키는 원동력이기도 하지만, 제어하지 못하면 우리를 파멸의 길로 인도하는 마녀와 같다는 것을 말하는 것이다.

"욕심이 잉태하면 죄를 낳고 죄가 장성하면 사망을 낳는다."
—야고보서 1장 15절

오늘도 치열한 경쟁 속에서 인생역전을 꿈꾸는 현대인들. 셰익스피어가 오늘을 사는 우리에게 묻는다.

특별한 성공을 꿈꾸는가?
그렇다면 야심과 욕망을 다스리지 못해 파멸에 이른
맥베스를 기억하라.

작품 속 명문장

"인생이란 무대 위에서 한동안 활개치고 안달하다가 사라져버리는 가련한 배우. 그 속에는 백치가 지껄여대는 이야기, 시끄러운 소리와 광기가 가득하지만, 결국 아무런 의미도 없구나……."

"왕도 한 인간에 불과하고, 인간은 한낱 동물에 지나지 않는구나!"

〈리어 왕〉 중에서

12
리어 왕

King Lear, 1608

인간 존재의 잔혹한 진실을 파헤친 비극 중의 비극

윌리엄 셰익스피어
William Shakespeare, 1564-1616, 영국

고대 브리튼 왕국.
부국강성한 나라를 다스리던 남부러울 것 없던 왕, 리어.
그에겐 사랑하는 세 딸 고너릴과 리건, 코델리어가 있었다.

나이가 들자 리어 왕은 세 딸에게 왕국을 물려주고 자신은 평화로운
여생을 보내기로 결심한다.

"나의 딸들아! 누가 나를 가장 사랑하느냐?"
"저는 말로써는 표현할 수 없을 만큼 아버지를 사랑하옵니다."
"저는 오직 아버님을 사랑할 때에만 행복을 느낍니다."

온갖 아첨과 찬사를 늘어놓는 두 언니, 고너릴과 리건.
반면 솔직한 성격의 막내딸 코델리어는 오직 진심만을 말한다.

"저는 딸의 도리를 다하여 아버지를 사랑할 것입니다. 하지만 결혼 후
에는 남편이 있기에 그 사랑은 줄어들 수밖에 없습니다."

감언이설에 빠진 리어 왕.
자신의 전 재산을 고너릴과 리건에게 나누어주고 막내딸은 가혹하
게 추방해버린다.
그리고 두 딸에게 두 집을 교대로 오가며 한 달씩 머물겠다고 말한다.

그러나 아버지를 문전박대하는 고너릴과 리건.

그토록 자신을 기쁘게 했던 두 딸의 싸늘한 냉대에 노인은 배신감을 느끼고 가슴을 치지만, 때늦은 후회였다.

"은혜를 모르는 자식을 두는 것은 독사의 이빨에 물리는 것보다 더 아프구나!"

분노와 고통으로 얼룩진 노인의 절규. 불효한 두 딸을 저주하며 광야를 헤맨다.

한편, 남은 두 딸은 서로 질투를 하다 고너릴이 동생을 독살하게 되고, 얼마 후 큰딸도 죄책감으로 자살한다.

모든 것을 잃어버린 리어는 방랑 끝에 프랑스 왕비가 된 막내딸 코델리어를 찾아가 용서를 구하는데, 그녀는 리어를 따뜻하게 맞이한다.

하지만 그 기쁨도 잠시, 코델리어마저 이웃나라와의 전쟁에서 패배하여 사형을 당하고, 리어 왕은 막내딸의 주검 앞에서 울부짖으며 삶을 마감한다.

"왕도 한 인간에 불과하고, 인간은 한낱 동물에 지나지 않는구나!"

허울만 믿고 잘못된 판단을 했다가 모든 것을 잃고 비참한 파국을 맞는 늙은 왕을 통해서 진실의 가치를 조명하고 인간의 한계와 본질을 냉혹하게 성찰한 〈리어 왕〉.

절대적 허무와 극한의 고통을 여과 없이 보여주면서 어떠한 구원의 기미도 제시하지 않고 있다는 점에서 '비극의 비극'이라 불릴 만하다.

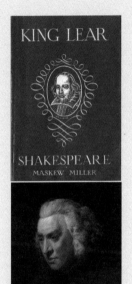

"이 작품을 다시 한 번 마주하고 싶어도 그것을 견뎌낼 수 있을지 자신할 수 없다." —새뮤얼 존슨(영국 시인 겸 평론가)

새뮤얼 존슨(1709-1784)

한 국가의 왕은 진실과 가식, 밝은 것과 어두운 것, 귀한 것과 천한 것을 구별할 수 있어야 한다. 하지만 감언이설의 탈 앞에서 무기력하게 무너진 어리석은 군주, 리어 왕. 두 딸의 배신은 단지 결과물일 뿐, 비극과 고통의 진정한 원인은 진실을 보지 못하는 리어 왕 자신에게 있다. 시간을 되돌

린다면 그는 과연 감언이설의 함정에 빠지지 않고 소중한 딸들과 왕국을 지킬 수 있었을까?

때로 돈과 지위의 힘을 내 힘이라 착각하고 감언이설을 진심이라 믿어 의심치 않는 우리도, 어쩌면 리어 왕처럼 너무나 어리석은 존재일지 모른다. 작가 셰익스피어가 당신에게 묻는다.

당신 곁에는 진실을 말해주는 사람이 있습니까?
당신의 코델리어는 누구입니까?

작품 속 명문장

"울어라, 울어! 울고 울부짖어라! 이런, 너희는 돌로 만든 사람이구나! 내 너희의 혀와 눈을 갖고 있다면 그것으로 울어서는 저 하늘의 지붕을 부수었을 것이다. 이 아이는 영원히 가버렸다. 사람이 죽었는지 살았는지는 나도 잘 알아. 이 애는 죽어 흙처럼 되어버렸어. 누가 거울을 좀 다오. 만약 숨결로 거울이 흐려지거나 더러워진다면 이 아이는 아직 살아있는 거야."

"질투는 사람의 마음을 농락하며 먹이로 삼는 푸른 눈의 괴물이라오."

〈오셀로〉 중에서

13
오셀로

Othello, 1604

인간의 질투를 가장 탁월하게 묘사한 문학작품

윌리엄 셰익스피어
William Shakespeare, 1564-1616, 영국

"오, 질투심을 조심하세요! 질투는 사람의 마음을 농락하며
먹이로 삼는 푸른 눈의 괴물이니까요."

오셀로는 수많은 전장에서 공을 세운 베니스 정부의 용맹한 장군이다.
검은 얼굴의 무어인인 그에게는 사랑스러운 아내가 있다.

베니스 원로원 귀족의 딸로, 순진하고 아름다우며 용기 있는 데스데모나.

두 사람의 결혼은 신부 아버지의 반대에 부딪혔지만 그녀의 현명한 설득으로 이루어졌고, 그래서 두 사람의 순수한 사랑은 더욱 빛이 났다.

그러던 어느 날 기수(旗手) 이아고가 오셀로에게 청천벽력 같은 보고를 한다.
"부인께서 장군의 부관 카시오와 밀애 중인 것 같습니다."

오셀로는 고민한다.
"나의 기수 이아고는 거짓말을 할 줄 모르지 않는가? 그의 한 마디 말
이 내 가슴을 치는구나!"

지난 번 카시오가 술을 마시고 소동을 일으켰을 때, 오셀로는 그의 지
위를 박탈한 적이 있다.
혹시 그 일에 앙심을 품은 것일까?
그리고 보니 아내는 그때부터 카시오의 복직을 끊임없이 권유했다.
어쩐지 수상하지 않은가?
"그토록 사랑스럽던 그녀가 나를 배신하다니!"

굳게 믿은 만큼 실망은 더더욱 컸다.
바로 그때, 카시오의 집에서 발견된 아내의 손수건!
그 손수건은 오셀로가 그녀에게 처음 선물한 사랑의 증표였다.
"이 더러운 창녀! 나를 속였어!"

숱한 전장을 누비며 죽음도 불사했던 오셀로지만 아내의 부정(不貞)
앞에 무참히 무너져 내린다.
"나는 그녀를 용서할 수 없어. 그녀는 죽어야만 해. 그러지 않으면 더
많은 배신을 할 테니까."

분노와 질투로 눈이 먼 오셀로, 이아고가 불어넣은 작은 의심에 사랑
스러운 아내를 죽이고 만다.

이때, 데스데모나의 시종이자 이아고의 아내인 에밀리아가 나타나 모든 진실을 밝힌다.

"오, 세상에! 마님은 아무 죄가 없어요. 이 모든 것은 내 남편 이아고가 꾸민 일이라고요!"

갈망하던 부관 자리를 카시오에게 빼앗긴 이아고가 앙심을 품고 꾸민 일이었다.

"아아, 교활하고 사악한 이아고. 내가 그놈에게 속았구나!"

모든 사실을 알게 된 오셀로는 걷잡을 수 없는 후회와 자괴감에 빠져 스스로 목숨을 끊고, 이아고도 잔혹한 처형을 받는다.

"공기처럼 가벼운 사소한 일도 질투하는 사람에게는 성서의 증거처럼 강력한 확증이지요."

질투에 사로잡혀 사랑하는 아내를 죽인 한 남
자의 비극적 이야기 〈오셀로〉. '질투'라는 인
간의 심리현상을 가장 탁월하게 묘사한 문학
작품으로 꼽힌다.

"〈오셀로〉는 가슴이 미어지는 듯한 비극의 정
수를 보여주면서 동시에 셰익스피어의 언어에
빠지는 아찔한 즐거움을 준다."—뉴욕타임스

모든 인간의 비극과 고통은 바로 그 사람의 성격에 있다고 믿은 셰익
스피어. 그래서 그의 비극은 흔히 '성격극'이라고 불린다.
자신을 배신한 아내에 대한 분노 때문에 이아고의 말을 추호도 의심
하지 않고 믿었던 오셀로. 셰익스피어는 오셀로의 비극을 통해 인간
의 질투가 얼마나 파괴력이 강한지 새삼 일깨워준다.

심리학 용어인 '오셀로 증후군'이란 명확한 증거 없이 배우자의 정조
를 의심하는 부정망상증(不貞妄想症)으로, 〈오셀로〉에서 유래한 명

칭이다. 한편 이 작품에 등장하는 이아고라는 악인은 셰익스피어의 4대 비극 중 가장 악명 높은 인물이다. 19세기 비평가 새뮤얼 콜리지는 이아고의 악을 '무동기(無動機)의 악'이라 불렀는데, 현대에 반사회적 인격장애를 가리키는 '사이코패스'라는 용어가 나오면서 이아고는 이 이론의 캐릭터로 사용되기도 했다.

심리적으로 불안할 때, 또 자신감이 없을 때 도둑처럼 슬그머니 찾아오는 인간의 이상심리, 질투.
혹시 당신도 누군가에게 질투를 느끼고 있지는 않은가? 그렇다면 질투심에 눈이 멀어 파멸에 이른 오셀로를 기억하라!

"위험한 상상은 독약과 같지. 처음엔 맛이 고약한 줄을 모르다가 핏속으로 서서히 번지기 시작하면 유황불처럼 타오르는 거야!" ―이아고

작품 속 명문장

"내겐 그럴만한 이유가 있다, 영혼아! 그럴 이유가 있어. 저 고결한 별들에게 말하지는 않겠지만 분명 이유가 있는 거야. 그래도 난 피를 흘리지 않겠어. 눈보다 더 하얗고 조각상처럼 매끄러운 그녀의 맨살에 상처를 입히지도 않겠어. 그렇지만 그녀는 죽어야만 해. 안 그러면 더 많은 남자를 배신할 테니까. 이제 불을 꺼야지."

5장 사랑에 웃고 정념에 울다

무기여 잘 있어라_어니스트 헤밍웨이

안나 카레니나_ 레프 톨스토이

제인 에어_ 샬롯 브론테

"이 세상은 사람을 부러뜨리지만, 많은 사람은
그 부러진 곳에서 더욱 강해진다."

헤밍웨이

14
무기여 잘 있어라

A Farewell to Arms, 1929

QR

헤밍웨이의 1차 세계대전 참전 경험이 녹아든 소설

어니스트 헤밍웨이
Ernest Hemingway, 1899-1961, 미국

"인간은 게임의 규칙도 모르고 야구장에 내던져지는 어린애와 같다. 베이스를 벗어나는 순간 신은 공을 던져 당신을 잡아버린다. 아무리 게임의 룰을 빨리 익혀 잘 살아남는다 해도 결국 모두 죽어버린다. 비극은 인간의 피할 수 없는 덫이다……."
—헤밍웨이

제1차 세계대전이 일어나자 이탈리아군에 앰뷸런스 부대 장교로 입대한 미국인 청년 프레더릭 헨리.
그는 자신에 대해서도 삶에 대해서도 진지하게 생각해본 적이 없는 무심한 젊은이다.

뚜렷한 이유 없이 지원한 전쟁에서 그가 목격한 것은 처참한 살육 현장.
국가의 명예니 용기니 숭고한 희생이니 하는 것은 정치인의 선동일 뿐, 전쟁은 환멸 가득한 도살장 그 이상도 이하도 아니었다.

적의 박격포탄에 맞아 중상을 입은 헨리는 후방 밀라노의 군인병원으로 후송되고, 그곳에서 영국인 간호사 캐서린 바클리를 재회한다. 한때 가벼운 연애상대로만 생각하던 여자였지만, 전쟁터에서 극한의 고통을 체험한 뒤 다시 만난 그녀는 황폐한 세상의 구원 같은 존재가 되었다.

"나는 사랑을 믿지 않았다. 어느 누구와도 사랑에 빠지고 싶은 생각이 없었다. 그런데 놀랍게도 사랑에 빠졌고, 그녀는 내 삶의 가장 소중한 존재가 되었다."

부상이 완치된 후 복귀 명령을 받은 헨리는 임신한 캐서린을 남겨둔 채 다시 전선으로 떠나고, 독일군과의 전투에서 대패하여 퇴각하다가 스파이로 몰려 총살당할 위기에 처한다.

사형이 집행되기 직전 강물로 뛰어들어 도망친 그는 천신만고 끝에 캐서린을 다시 만나고, 그들은 함께 이탈리아 국경을 넘어 중립국인 스위스로 탈출한다.

무기여 안녕.

전쟁 없는 나라에서 캐서린과 함께 출산을 기다리며 안도하는 헨리.
앞으로 행복만 남았다고 믿어 의심치 않았지만 비극이 다시 그의 삶
을 덮친다.
병원에서 출산하던 아내가 과다출혈로 숨지고 아기도 그만 사산된
것이다.

사랑이여 안녕⋯⋯.

참혹한 전쟁 속에서 피어나 죽음으로 끝나는
슬픈 사랑 이야기 〈무기여 잘 있어라〉.
온갖 장애를 겪어낸 사랑의 결말이 죽음이라
니, 잔인하지 않은가.
하지만 생전에 헤밍웨이는 이 소설이 비극이라
는 사실 때문에 불행하지는 않다고 말했다. "삶
은 한 편의 비극이고, 오직 한 가지 결말로 끝난
다는 사실을 잘 알기 때문"이라고 했다.

헤밍웨이가 수없이 고쳐 쓴 끝에 완성했다는 이 소설의 마지막 문장
은 이렇다.

"잠시 뒤 나는 병실 밖으로 나와 병원을 뒤로 한 채 비를 맞으며 호텔
을 향해 발걸음을 옮겼다."

헤밍웨이는 왜 이 문장을 쓰기 위해 그토록 고심했을까? 독자들에게
마지막으로 어떤 메시지를 주고 싶었던 걸까?

죽은 연인 옆에 언제까지 앉아 있을 수는 없는 법, 주인공은 다시 세상 속으로 걸어간 것이다. 엄연한 현실을 외면하지 않고 받아들이는 것, 그것이 실존의 시작이다.

하지만 그가 이제부터 살아갈 세상은 지금까지 살아온 세상과는 다를 것이다. 시련과 사랑 속에서 그는 더 깊고 단단해졌기 때문이다.

인간의 타고난 한계와 덫으로 비극이 되는 삶. 그러나 피할 수 없는 죽음이기에 삶은 더 소중하고, 소중한 삶을 가장 의미 있게 만드는 것은 사랑이다.

인생의 전쟁터에서, 사랑만큼 빛나는 전리품은 없다.

"이 세상은 사람을 부러뜨리지만, 많은 사람은 그 부러진 곳에서 더욱 강해진다." ─헤밍웨이

작품 속 명문장

"뭐라고 드릴 말씀이 없습니다. 얼마나 죄송한지……."

"됐습니다. 아무 말도 하실 필요 없습니다."

"그럼 안녕히……. 호텔까지 모셔다 드릴까요?"

"아뇨, 됐습니다."

(…)

간호사들을 내보내고 전등을 껐지만, 아무 소용이 없었다. 마치 조각
상에게 마지막 인사를 하는 것만 같았다. 잠시 뒤 나는 병실 밖으로
나와 병원을 뒤로 한 채 비를 맞으며 호텔을 향해 발걸음을 옮겼다.

www.monaissance.com

"우리는 서로 하나가 될 만큼 가까워졌지만,
그 다음부터는 이별을 향해 힘차게 내달렸다."

〈안나 카레니나〉 중에서

15

안나 카레니나

Anna Karenina, 1877

"안나 카레니나는 세계문학사상 가장 매력적인 여주인공" ―나보코프

5장 사랑에 웃고 정념에 울다

레프 니콜라예비치 톨스토이
Lev Nikolayevich Tolstoy, 1828-1910, 러시아

19세기 상트페테르부르크.

젊고 아름다우며, 사려 깊고 총명한 안나 카레니나.

그녀는 모두가 선망하는 상류사회의 꽃이다.

어느 날 안나는 가정교사와 바람이 난 오빠 부부의 파경 위기를 중재하기 위해 모스크바로 떠나는데, 그곳에서 우연히 젊은 장교 브론스키 백작과 마주친다.

안나를 보고 첫눈에 반한 브론스키.

정부 고관인 남편과 사랑스런 아들까지 있는 안나는 브론스키를 피해 집으로 돌아오지만, 그는 포기하지 않고 안나를 쫓아 상트페테르부르크까지 따라온다.

오랜 시간 망설이던 안나.

결국 그의 열정에 이끌려 불륜에 빠지고 아기까지 임신한다.

안나는 남편에게 브론스키와의 관계를 고백하고 이혼을 요구하지만, 남편은 체면 때문에 이를 거부한다.

결국 브론스키의 아이를 낳게 되는데, 출산 중 사경을 헤매는 안나.
그녀가 고통 받는 모습에 동정심을 느낀 남편 카레닌은 그녀를 용서
한다.

하지만 안나와 브론스키는 다시 한 번 감정의 격류에 휩쓸리고, 둘은
함께 유럽으로 떠나버린다.
오랜 여행 끝에 러시아로 돌아온 두 사람.

러시아 사교계에서 배척당하며 브론스키의 영지 안에 고립되고 만다.

시간이 흐를수록 안나는 브론스키에게 집착하고, 브론스키는 자유를 갈구하게 된다.
자신의 사랑이 막을 내리는 것을 직감한 안나.

　"이제 아무 것도 보이지 않고 어떤 것을 보아도 소름이 끼치게
　되었다면, 촛불을 꺼버려도 되지 않을까?"

결국 안나 카레니나는 브론스키를 처음 만난 기차역에서 달리는 열차에 몸을 던져 생을 마감한다.

〈전쟁과 평화〉〈부활〉과 함께 톨스토이의 3대 걸작으로 꼽히는 장편소설 〈안나 카레니나〉.

얼핏 보면 이 소설은 한 여인의 외도와 비극적인 결말을 다룬 불륜소설이다. 하지만 톨스토이가 49세에 집필을 마무리한 이 소설은 진실한 사랑과 결혼, 정념, 가족, 종교, 죽음 등 인생에 관한 모든 것을 성찰한 톨스토이 문학의 집대성이다.

도스토옙스키는 이 소설을 "예술적으로 완전무결하여 당대 서구문학 중 이 소설에 견줄만한 작품이 없다"고 하였고, 토마스 만은 "전체적인 구성에서도 세부사항에서도 한 점 결점이 없는 완벽한 작품"이라고 극찬했으며, 소설가 나보코프는 안나 카레 니나를 "세계문학사상 가장 매력적인 여주인 공 중 한 명"이라 하였다.

한편 2007년에는 톰 울프, 스티븐 킹 같은 최고 의 영어권 작가 125명이 뽑은 최고의 문학작품 에 선정되었고, 2009년에는 〈뉴스위크〉 선정 100대 명저 중 1위를 차지했다.

토마스 만(1875-1955)

〈안나 카레니나〉가 오랜 시간 동안 이처럼 주목받는 이유는 무엇일 까? "이 세상에 거짓이나 기만보다 더 나쁜 것은 없다." 톨스토이는 〈안나 카레니나〉의 외도와 죽음을 통해 위선과 허례허식으로 포장 된 러시아 귀족사회에 의문을 던졌다.

자신보다 스무 살이나 많고 도덕과 종교로 무장한 원칙주의자 남편. 안나는 관습과 전통을 충실히 따르는 남편에게 질식할 것 같은 답답 함을 느낀다. 그녀의 가정과 결혼생활은 표면적으로 완벽해보일지 몰라도 실상은 자유를 속박하는 족쇄였던 것이다. 그렇기에 안나는 사회규범과 금기를 깨뜨리면서까지 자신의 사랑을 쫓았고, 사회로부터 추방당해서도 끝까지 자신의 감정에 충실하려고 애썼다.

하지만 결국에는 자살로 생을 마감한 안나. 그토록 뜨거웠던 브론스키와의 사랑마저도 비극적으로 끝난 이유는 무엇일까?

"사랑에만 탐닉한 채 두 사람이 함께 성장하는 관계를 만들지 못한다면 어떤 사랑도 오래갈 수 없기 때문이다. 그래서 이 소설은 '성장소설'이기도 하다." —석영중(고려대 교수)

레프 톨스토이가 〈안나 카레니나〉를 통해 우리에게 묻는다.

당신의 가정에는 진정한 소통과 자유, 그리고 성장이 있습니까?

작품 속 명문장
_____

행복한 가정은 모두 비슷한 모습이지만 불행한 가정은 저마다의 이
유로 불행하다.

_____

"저는 새가 아닙니다. 어떤 그물로도 나를 잡을 수는 없어요."

〈제인 에어〉 중에서

16
제인 에어

Jane Eyre, 1847

영국문학 최초의 여성 성장소설

샬롯 브론테
Charlotte Bronte, 1816-1855, 영국

어려서 부모를 잃고 외숙부의 집에 맡겨진 제인 에어.
얼굴도 못 생기고 성격도 뾰족했기에 외숙모와 사촌들로부터 온갖
학대를 당하지만, 결코 고분고분한 아이는 아니다.

어느 날 사촌이 시비를 걸어 시작된 몸싸움 때문에 붉은 방에 갇히는 벌을 받게 된 제인.
"억울해! 정말 억울해!"를 외치며 세상이 공평하지 않다는 것을 깨닫게 된다.

그 후 제인은 고아 소녀들을 위한 자선기관인 로우드 자선학교로 보내진다.
제인은 그곳에서도 힘든 나날을 보내지만 그녀의 능력을 알아봐주는 템플 선생과 지적이고 온화한 성품을 가진 친구 헬렌의 친절과 사랑 덕분에 시련을 견뎌내며 성장한다.
학생으로 6년, 교사로 2년을 보낸 뒤, 제인은 새로운 삶을 꿈꾸며 로우드에서 나와 손필드가(家)의 가정교사로 들어간다.

그곳에서 만난 한 남자, 손필드가의 주인 로체스터.
20살 연상에, 미남도 아니고 성격도 괴팍하지만 어딘가 우수에 차 있
는 남자.
이성보다는 감성적이며 사회적 관습을 거침없이 경멸하는 로체스터
에게 제인은 점차 사랑을 느끼고, 두 사람은 신분과 나이의 벽을 극
복하고 결혼을 약속한다.

결혼 당일, 제인은 로체스터가 정신병에 걸린 아내를 저택 안에 숨기고 있다는 사실을 알고는 깊은 절망에 빠진다.
"축복을 사기 위해 영혼을 팔 필요는 없다!"
그의 정부(情婦)가 되기보다 주체적으로 살 것을 결정한 제인은 손필드 저택에서 도망친다.

길거리를 헤매다 가까스로 리버스 목사에게 발견된 제인.
그의 집에 의탁해 지내다가 1년 후 리버스 목사로부터 청혼을 받게 된다.
하지만 제인은 매우 이성적이고 계산적인 리버스 목사로부터는 감정적인 자양분을 얻을 수 없다고 생각한다.

결국 제인은 리버스 목사의 곁을 떠나 다시 로체스터에게로 돌아가는데……

그의 부인은 집안에 불을 내 자살하고, 그는 모든 재산뿐 아니라 한쪽 눈과 팔까지 잃은 상태였다.

초라해진 로체스터를 본 제인은 마침내 그와 결혼할 것을 결심한다. 왜냐하면 이제 그를 섬겨야 할 주인이 아닌 동등한 반려자로 받아들일 수 있게 되었기 때문이다.

청혼하는 로제스터.

"난 당신이 내 옆에서 인생을 보냈으면 합니다. 당신은 또 다른 나, 지상에서 가장 훌륭한 반려자이기 때문입니다."

청혼을 받아들이는 제인.

"당신이 내 인생인 것과 마찬가지로 나는 이제 당신의 인생입니다. 함께 있다는 것은 혼자 있을 때처럼 자유로운 동시에 같이 있을 때처럼 행복하다는 것을 뜻합니다."

한 여성의 성장을 통해 진정한 사랑과 결혼의 의미에 대해 문제를 던진 소설 〈제인 에어〉.

19세기 영국의 사회적 관습은 여성의 재능과 개성을 제도적으로 억압했다. 그래서 개성이 강할 뿐 아니라 적극적으로 운명을 개척하는 여주인공 제인 에어의 등장은 당시로서는 파격적이었다.

"제인, 가만히 있어. 필사적으로 움직이다 깃을 망가뜨리는 놀란 야생조처럼 그렇게 몸부림치지 마." 로체스터의 말에 제인 에어는 이렇게 답한다. "저는 새가 아닙니다. 그러니 어떤 그물로도 나를 잡을 수는 없어요. 나는 독립적인 의지를 지닌 자유로운 인간일 뿐이에요."

이런 제인 에어의 삶은 놀랍게도 작가인 샬롯 브론테의 삶을 닮았다. 다섯 살에 어머니를 여의고 두 언니를 열악한 환경의 기숙학교에서 잃은 샬롯 브론테. 그녀는 이루어질 수 없는 사랑에 좌절했으며, 여류 작가에 대한 편견 때문에 '커러 벨'이라는 남성 필명으로 작품을 발표

샬롯 브론테

했다. 하지만 편견과 사회의 인습에 굴하지 않고 당당하게 자신의 삶
을 쟁취함으로써 '제인 에어'라는 새로운 여성상을 창조했다.

여전히 차별과 편견이 사라지지 않은 시대. 샬롯 브론테는 우리에게
어떤 말을 하고 싶을까?

"억울한 일을 당했다고 해서 어떤 것에 대해 미운 마음을 품거나 속
상해하며 세월을 보내기에는 우리 인생이 너무 짧다." ―샬롯 브론테

작품 속 명문장

그의 편안함이 나를 답답한 구속감에서 벗어나게 했다. 따뜻하면서
예의 있고, 다정한 솔직함에 그에게 점점 이끌렸다. 때로 그가 주인
이라기보다 친척 같은 느낌이 들었다. 여전히 그의 오만함이 튀어나
올 때도 있었지만, 이제 신경 쓰이지는 않았다. 그의 버릇일 뿐이라
는 걸 알았기 때문이다. 일상에 찾아온 신선한 흥밋거리가 나를 뿌
듯하고 행복하게 해서, 나는 혈육을 그리워하는 일도 잦아들게 되었
다. 초승달처럼 가녀린 운명이 점점 도독해지는 것 같았고, 삶의 공
백도 채워졌다.

6장 인생이라는 바다 헤쳐가기

오딧세이아 _ 호메로스

테스 _ 토머스 하디

바람과 함께 사라지다 _ 마거릿 미첼

"전우들이여, 이 시련도 언젠가는 우리에게 추억이 될 것이오."

〈오딧세이아〉 중에서

17
오딧세이아

Odysseia, BC 700

최초이자 최고의 기록문학, 서양 정신의 출발점

호메로스
Homeros, BC 800?- BC 750, 고대 그리스

"그는 수많은 인간들의 도시를 보았고 그들의 마음을 알았으며, 바다에서는 자신의 목숨을 구하고 전우들을 귀향시키려 마음속으로 많은 고통을 받았습니다."

10년 간의 트로이 전쟁이 끝나고, 아카이아* 장수들은 고향으로 향한다.
거대한 목마에 무장병사들을 숨겨 트로이 성에 잠입시켜 전쟁을 승
리로 이끈 이타카의 왕 오디세우스.
집으로 돌아가는 항해 도중 갑자기 휘몰아친 폭풍우로, 다른 장수들
과 헤어져 길고 험난한 모험을 하게 된다.

바다의 신 포세이돈의 아들이자 외눈박이 거인인 폴리페모스의 동굴
에 갇히는 오디세우스 일행.
인간을 잔인하게 먹어치우는 거인에게 전우 네 명을 잃은 오디세우
스는 술수를 써 거인의 눈을 멀게 하고 도망치지만, 포세이돈의 분노
로 바다 위에서 말 못할 고난을 겪게 된다.

풍랑을 만나 이리저리 휩쓸리던 오디세우스가 상륙한 곳은 식인종
레스트리고네스족의 땅.

* Achaea. 펠로폰네소스 반도 북쪽지역으로, 호메로스의 시에서 아카이아인은 그리스인을 지칭.

식인거인이 던진 거대한 바위에 맞아 그가 이끌고 온 12척 배 중 11척을 잃게 된다.

구사일생으로 도망친 이들은 이번에는 요정 키르케의 섬에 이르지만, 그녀의 마법에 걸려 부하들이 모두 돼지로 변하는 위기를 겪는다.

부하들을 힘들게 구출해 다시 항해에 나선 오디세우스.
이번에는 아름다운 노랫소리로 항해자들을 유인해 파멸로 이끄는 세이렌을 만나지만, 오디세우스는 부하들의 귀를 밀랍으로 막고 자신은 배의 돛대에 몸을 묶어 유혹에서 벗어난다.

"나를 돛대를 고정하는 나무통에 꼼짝하지 못하도록 묶으시오. 그리고 내가 풀어달라고 애원하거든 더 많은 밧줄로 나를 꽁꽁 묶으시오."

위험천만한 카리브디스 해협의 갈림길에서는 머리가 여섯 개인 괴물 스킬라에게 또다시 전우 여섯 명을 잃고 만다.

실의에 빠진 동료들을 위로하는 오디세우스.

"전우들이여, 이 시련도 언젠가는 우리에게 추억이 될 것이오."

치명적인 암초와 소용돌이를 빠져나온 일행은 태양신 헬리오스의 섬에 닿았으나, 굶주림에 이성을 잃은 부하들이 허락 없이 헬리오스의 소들을 도살해 그만 모두 목숨을 잃고 만다.

"아, 어리석은 나의 부하들이여!"

망연자실한 오디세우스, 그러나 그는 결코 좌절하지 않고 뗏목 하나에 의지해 또다시 망망대해를 헤쳐 나간다.

몇 번의 죽을 고비를 넘기고, 파이아케스인들의 섬에서 나우시카 공주에게 구원되어 천신만고 끝에 고향 땅 이타카를 밟은 오디세우스.
그의 고달픈 운명은 이제 끝이 났을까?

20년 만에 집에 돌아온 그가 목격한 것은 오디세우스의 궁전을 차지
한 한 무리의 남자들.
그들은 오디세우스가 죽었다 확신하며 호시탐탐 그의 재산과 아내
페넬로페를 가로챌 기회만 노리고 있었다.

구혼자들의 끈질긴 괴롭힘에도 정조를 지켜온 페넬로페.
아테나 여신의 도움으로 노인 모습으로 변한 오디세우스는 왕궁에
잠입해 구혼자들을 물리치고 드디어 사랑하는 가족과 재회한다.

트로이 전쟁에서 목마를 이용해 그리스군의 승리를 이끌어낸 영웅 오디세우스가 10년의 역경과 고난을 거쳐 집으로 돌아오는 과정을 그린 서사시 〈오딧세이아〉. '오딧세이아'는 '오디세우스의 노래'라는 뜻이다.

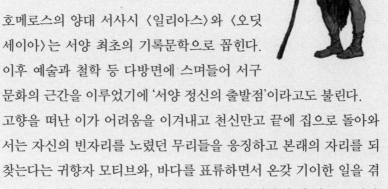

호메로스의 양대 서사시 〈일리아스〉와 〈오딧세이아〉는 서양 최초의 기록문학으로 꼽힌다. 이후 예술과 철학 등 다방면에 스며들어 서구 문화의 근간을 이루었기에 '서양 정신의 출발점'이라고도 불린다. 고향을 떠난 이가 어려움을 이겨내고 천신만고 끝에 집으로 돌아와서는 자신의 빈자리를 노렸던 무리들을 응징하고 본래의 자리를 되찾는다는 귀향자 모티브와, 바다를 표류하면서 온갖 기이한 일을 겪고 낯선 세계를 경험한다는 항해자 모티브가 결합된 이 작품은 서양 문학사에서 모험담의 원형(原型)이자 정전(正典)이 되었다.

〈오딧세이아〉의 창조적 계승은 현대문학에서도 시도되었다. 오디세우스의 라틴어 이름을 제목으로 한 제임스 조이스의 소설 〈율리시스〉(1922)는 〈오딧세이아〉의 주제와 구조를 차용해 20세기 더블린의 오디세우스를 그려낸 작품으로, 모더니즘 문학의 기원이 되었다.

〈오딧세이아〉 이후 서양은 인간의 삶과 운명을 표현하는 두 가지 비유를 배웠으니 바로 여행과 바다다. 인생은 바다를 항해하는 것과 같다. 언제 어디서 운명의 파도가 덮칠지, 혹은 생각지도 못한 암초에 걸려 좌초할지 모르는 게 인생이다. 우리 앞에 무한히 펼쳐진 망망대해는 끝없는 가능성이기도, 자칫 잘못하면 길을 잃게 되는 두려움이기도 하다. 우리의 인생 자체가 '오딧세이아'인 셈이다.

호메로스는 〈오딧세이아〉를 통해 우리 중 그 누구도 고난과 시련을 피할 수 없음을 말하고 있다. 그렇다면 우리는 인생이라는 거친 바다를 어떻게 항해해야 할까?
지금도 풍랑에 방황하고 있는 현대의 수많은 오디세우스들에게 호메로스는 말한다.

아모르 파티(Amor Fati).
당신의 운명을 사랑하라!

작품 속 명문장

――――――

"나는 언제나 집으로 돌아갈 그 기쁜 날만을 손꼽아 기다리고 있습니다. 또다시 어느 신께서 검붉은 바다에 물결을 일으켜 내가 탄 배를 산산이 부숴버린다 해도, 마음을 굳게 먹고 고난을 견뎌내겠습니다. 이미 숱한 풍파를 겪었고, 전쟁에서도 수없이 많은 고통과 역경을 헤쳐 왔지요. 그러니 앞으로 새로운 재앙이 다가온다 한들, 이제껏 겪은 수많은 재앙 위에 하나 더 얹는 정도에 지나지 않습니다."

――――――

"날 무참히 짓밟아요. 한번 희생당한 사람은 늘 희생당하는 법이죠."

〈테스〉 중에서

18
테스

Tess of the D'Urbervilles, 1891

19세기 자연주의 문학의 대표작

토머스 하디
Thomas Hardy, 1840-1928, 영국

작약 빛 입술과 크고 순결한 눈을 가진 그림처럼 예쁜 시골 처녀. 그녀는 아직 세상의 때가 묻지 않은 순수한 그릇이었다.

영국 어느 시골의 총명하고 어여쁜 처녀 테스.
가난한 부모에게 등 떠밀려 먼 친척이라는 더버빌 가문의 가정부가 된다.
그 집의 아들 알렉은 테스를 본 순간 첫눈에 반한다.
끈질긴 유혹이 받아들여지지 않자 알렉은 억지로 테스의 순결을 빼앗고, 도망치듯 집으로 돌아온 테스는 사생아를 낳지만 아기는 곧 세상을 떠나고 만다.

영국 남부의 목장으로 새로운 일자리를 찾아 떠난 테스.
그곳에서 목사 집안 출신인 에인절을 만난다.
테스에게 사랑을 느낀 에인절은 적극적인 구애로 그녀를 감동시키
고, 과거 때문에 거절하던 테스도 결국 그의 청혼을 받아들인다.

운명의 첫날밤, 에인절이 먼저 과거를 털어놓자 테스도 자신의 지난
날을 고백한다.

테스의 과거를 알고 깜짝 놀라 쩔쩔매는 에인절.

"난 그때 어린애였어요. 남자가 무엇인지도 몰랐어요."
"당신은 죄를 지은게 아니라 능욕을 당한 거요. 그건 나도 인정하오."
"그럼 용서해주지 않겠어요?"
"물론 용서하오. 그러나 용서가 전부는 아니오."

테스가 처녀가 아니라는 사실에 크게 실망한 에인절은 그녀를 홀로
남겨둔 채 떠난다.
절망에 빠진 테스 앞에 다시 나타난 알렉.
알렉이 테스에게 매달리자 테스는 마을에서 쫓겨나게 된 가족들을
구하기 위해 어쩔 수 없이 알렉을 받아들인다.

운명은 왜 그토록 그녀를 희롱하는가!
그녀가 알렉과 동거를 시작하자 자신의 행동을 뉘우친 에인절이 다
시 그녀에게 돌아온다.

모든 불행의 근원을 알렉에게 돌리는 테스.
그녀는 우발적으로 알렉을 살해하고 에인절과 함께 도망친다.
그리고 생애 처음으로 행복한 시간을 보낸다.

하지만 그것도 잠시.
테스는 경찰에 체포되어 처형됨으로써 비극적인 삶을 마감한다.

19세기 영국 자연주의 문학의 대가인 토머스 하디의 대표작 〈테스〉. 비극적이고 염세적인 자연주의 문학은 인간의 힘으로는 제어할 수 없는 거대하고 무자비한 힘에 의해 파멸되는 개인을 다룬다. 맹목적인 힘이 지배하는 세계에 개인은 체념하고 복종할 뿐이다. 하지만 토머스 하디는 여기서 한 발 더 나아간다. 한 인간의 처절한 비극을 만든 불합리한 윤리와 사회적 관행을 고발하고 개선하려는 의지를 보인다.

작가가 문제 삼은 당시의 불합리한 제도와 관행은 과연 무엇일까? 가부장 질서에 뿌리박고 있는 남성중심주의, 그리고 여성에게만 이중적인 잣대를 들이대 순결을 강요하는 사회의 위선이다.

토머스 하디가 붙인 이 소설의 부제는 '순결한 여인'. 빅토리아 시대의 교회와 보수적인 비평가들은 토머스 하디를 맹렬히 공격했다. "처녀의 몸으로 아기를 낳고 동거하던 남자를 살해한 여성이 어떻게 순결할 수 있단 말인가?"

특히 내용 중에는 테스가 죽어가는 자기 아이에게 목사를 대신해서 세례를 주는 장면이 나오는데, 이것은 당시의 보수적인 기독교 관행을 거스르는 것이어서 연재본에서는 생략되었다고 한다. 남성 목사만이 할 수 있는 일을 미혼모가 행한다는 것은 생각할 수도 없는 일이었다.

하지만 하디는 테스가 순결을 상실한 여성이지만 누구보다도 순결한 영혼을 가진 사람이라고 보았다. 그가 생각한 순결이란 한 인간의 내면과 품성으로 규정되는 것이지, 사회가 정한 잣대에 따라 설정되는 것이 아니었다.

가혹한 운명에 굴복 당했으나 신 앞에 순결했던 한 여인의 비극을 통해 작가는 당시 사회의 이중성과 편협한 가치관을 비판한다. 문학사상 가장 심금을 울리는 심판을 통해 죽음을 맞이한 테스, 그녀가 오늘의 우리에게 묻는다.

당신이 타인을 판단하는 잣대는 과연 타당합니까?

작품 속 명문장

"잠이 깰 때까지만 그대로 두어주세요." 주위를 포위해 다가오는 남자들에게 에인절이 간청했다. 그때까지 테스가 어디에 있는지 몰랐던 사람들은 누워있는 테스를 발견하고는 그의 말을 들어주었다. 그들은 주위에 돌기둥처럼 둘러서 잠자코 지켜보았다. 에인절은 그녀가 잠들어있는 돌로 가서 가녀린 손을 잡고는 그녀의 모습을 내려다보았다. 그녀의 호흡은 가늘고도 빨라서 한 여성의 숨결이라기보다는 작고 연약한 동물의 숨 같았다. 점점 밝아오는 햇살을 속에서 모두가 그렇게 기다렸다. (…) "무슨 일인가요. 에인절." 잠에서 깬 테스가 놀라 일어나며 물었다. "날 잡으러 온 건가요?" "그래, 그들이 왔어요." "올 것이 왔군요." 그녀가 에인절에게 속삭였다. "잘 됐어요. 차라리 홀가분해요. 이런 행복이 오래갈 순 없잖아요. 지금까지 누린 것으로도 과분할 걸요. 이제 당신이 날 미워하도록 오래 살지 않아도 되겠군요."

"내일은 또 다른 하루다(Tomorrow is another day)."

〈바람과 함께 사라지다〉 중에서

19
바람과 함께 사라지다

Gone with the Wind, 1936

QR

미국의 신화가 된 소설, 마거릿 미첼이 남긴 단 하나의 작품

마거릿 미첼
Margaret Mitchell, 1900-1949, 미국

미국 남북전쟁이 발발하기 직전인 1861년.

평화롭고 아름다운 남부 애틀랜타의 타라(Tara) 대농장.

농장주의 첫째 딸인 스칼릿 오하라는 열여섯 살이지만 빼어난 외모
와 당찬 성격으로 뭇 남성들의 사랑을 받고 있다.

하지만 정작 스칼릿이 좋아하는 남자 애슐리 윌크스는 장미처럼 정
열적인 스칼릿보다 백합처럼 순수한 멜러니를 선택한다.

애슐리가 멜러니와 결혼하자 다른 남자와 충동적으로 결혼해버리는 스칼릿.

그러나 결혼 직후 발발한 남북전쟁에서 그녀의 남편은 전사하고 만다. 미망인이 된 스칼릿은 빠르게 진격해오는 북부군을 피해 타라 농장으로 돌아온다.

하지만 그녀를 기다리고 있는 것은 돌아가신 어머니와 실성한 아버지, 그리고 불타버린 농장⋯⋯.

남부의 전통과 명예를 지키려던 남자들은 대부분 전사했고, 풍요를 상징하던 타라 농장은 지독한 가난으로 피폐해졌다.

"이 세상에서 땀을 흘려 일할 가치가 있고 죽음을 무릅쓰고 싸워서
지킬 가치가 있는 것은 오직 땅밖에는 없다."

스칼릿은 아버지의 말씀을 떠올리며 타라 농장과 남은 가족들을 위
해 기꺼이 자기 자신을 던진다.
그러나 세금조차 낼 수 없을 정도로 쪼들리게 되고, 스칼릿은 다시 애
정 없는 결혼을 선택하지만 사고로 남편을 잃고 만다.

스물일곱 살에 두 번째로 미망인이 된 스칼릿.
이번에는 그녀의 곁을 맴돌던 레트 버틀러가 청혼을 한다.
남성적이고 현실적이며 능력까지 갖춘 남자였다.
스칼릿은 레트의 구혼을 받아들이며 타라를 떠난다.

하지만 행복한 결혼생활도 잠시, 애슐리를 향한 스칼릿의 계속된 미련은 레트를 지치게 하고, 그나마 두 사람을 이어주던 딸의 죽음으로 결혼은 파경을 맞는다.
결국 스칼릿을 떠나기로 결심하는 레트.

"이제 난 어디로 가야 하나요? 난 이제 어떻게 해야 하나요?"
"솔직히 말해주지. 당신이 어떻게 되든 난 전혀 관심 없소."

스칼릿은 레트가 떠난 뒤에야 자신이 진정으로 사랑한 남자는 애슐리가 아니라 레트였음을 깨닫는다.
스칼릿은 쓰러져 울지만, 다시 일어나 고향 타라로 돌아가기로 한다.

"타라에 가자. 내일이면 또 다른 날이 시작될 테니까."
Tomorrow is Another Day.

단 한 편의 소설로 미국 문학사상 최고의 이야기꾼 반열에 오른 마거릿 미첼.
집필에만 10년이 걸린 이 작품은 스케일이 큰 서사소설로, 미국 역사에서 사회 경제적으로 격동기였던 한 시대를 헤쳐 나가는 남부여성 스칼릿과 그 주변인들의 삶을 묘사하고 있다. 노예제를 기반으로 한 남부 농장의 모습을 너무 이상적인 전원사회로 그려냈다는 비판을 받기도

했지만 독자들은 억세고 아름다운 주인공의 매력에 어쩔 수 없이 빠져들었고, 미국의 역사를 바라보는 자국민의 관점에도 적지 않은 영향을 끼쳤다.

단 한 편의 소설로 평가받고 싶었던 마거릿 미첼은 '자신이 죽으면 모든 자료를 없애라'는 유언을 남김으로써, 그녀가 49세를 일기로 짧은 생을 마쳤을 때 남겨진 습작과 미발표작들은 모두 불태워 없어졌다.

이 소설의 주제는 무엇인가? 이 질문에 대해 작가는 생존이라고 말했다. 재난을 만났을 때 어렵지 않게 이겨내는 사람도 있고 충분히 강한

데도 굴복하는 사람이 있다. 역사와 사회의 격변에서도 그렇다. 어떤 이는 살아남고 어떤 이는 스러진다.

"살아남은 사람들에게는 있고 그렇지 못한 사람에게는 없는 것은 무얼까? 다는 모르지만, 적어도 살아남은 사람에게는 '불굴의 정신'이 있다는 것은 안다. 그래서 불굴의 정신을 지닌 사람에 대한 이야기를 썼다." ─마거릿 미첼

결국 작가가 말하고 싶었던 것은 역경에 굴하지 않는 강인함이다. 남 부러울 것 없던 스칼릿은 바람처럼 모든 것을 앗아간 전쟁 앞에 굴복하지 않는다. 영원할 것이라 믿었던 남부의 풍요는 전쟁 속에 빼앗겼지만, 남루한 현실을 받아들이고 폐허가 된 농장을 다시 일으켜 세우며 재건시대의 새로운 질서에 적응해나간다. 때로는 잔인하고 때로는 부도덕한 모습을 보여도 결코 그녀를 미워하거나 손가락질할 수 없는 이유다.

당신은 인생의 가장 비참한 순간에도 내일의 희망을 말할 수 있는가? 이 질문에 스칼릿 오하라가 답한다.

"내일은 내일의 태양이 뜬다."

작품 속 명문장

타라를 떠올리자 부드럽고도 상쾌한 느낌이 가슴에 스며들었다. 빨갛게 물든 가을 단풍 사이로 눈부시게 빛나는 하얀 집이 그녀에게 손짓했다. 적막한 시골 석양이 그녀 위에 축복처럼 쏟아지는 것 같았고, 흰 무늬가 별처럼 총총히 박힌 푸른 대지 위에서 이슬을 맞는 것 같았다. 연한 황토 흙과, 굽은 언덕을 휘감은 검고 아름다운 소나무 숲이 눈에 아른거렸다. (…) 바로 눈앞까지 패배가 닥쳐왔을 때도 이를 받아들이지 않았던 집안의 정신을 살려 그녀는 턱을 똑바로 들었다. 그녀는 레트를 다시 돌아오게 할 것이다. 그럴 수 있다는 걸 그녀는 알았다. 그녀는 한번 마음먹어서 얻지 못한 남자가 한 명도 없었다. "그런 건 모두 내일 타라에 가서 생각하자. 내일 타라에서, 나는 그이를 되찾을 방법을 생각해낼 거야. 어쨌든 내일은 또 다른 하루잖아."

www.monaissance.com

제2부 사상·교양

7장 아름다움을 찾다 사람을 보다, '예술'

"이 책은 우리를 초라한 관찰의 영역에서
자유로운 사유의 광야로 이끌어냈다."

괴테

20

라오콘-미술과 문학의 경계에 대하여

Laocoon: An Essay on the Limits of Painting and Poetry, 1766

QR

19세기 근대미학 담론의 출발점

고트홀트 에프라임 레싱
Gotthold Ephraim Lessing, 1729-1781, 독일

건장한 남자가 사나운 뱀의 공격을 받고 있다.

팽창된 근육과 도드라진 힘줄, 긴장하여 움츠린 복부는 그가 얼마나 필사적인 싸움을 벌이고 있는지를 말해준다.

이미 뱀에 물린 왼쪽 아들은 서서히 죽어가고, 오른쪽 아들은 참혹한 눈으로 아버지를 쳐다본다.

그리스 헬레니즘 시대의 걸작 〈라오콘 군상〉.

그리스 신화에 따르면 라오콘은 트로이의 마지막 제사장이었다.

그리스 군의 목마를 성 안으로 들이면 트로이에 재앙이 닥칠 거라며 반대하던 그는 전쟁에서 그리스 편을 들던 신에게 노여움을 샀다.

신이 보낸 바다뱀 두 마리의 습격을 받아 사투를 벌이며 죽어가는 라오콘과 그의 두 아들을 묘사한 이 작품은 1506년 로마의 땅 속에서 한 농부에게 발견되었으며, 18세기 유럽 예술계를 달군 논쟁의 씨앗이 되었다.

라오콘 논쟁은 독일 미술사가 빙켈만*에서 시작되었다.

그는 고대 그리스 미술의 위대함을 라오콘 상(像)에서 찾았다.

그리스 조각상에 등장하는 인물들은 극도의 절망 속에서도 침착함을 잃지 않고 영혼의 위대함을 표현하고 있는데, 가장 대표적인 게 바로 라오콘이라는 것이다.

• 요한 요하임 빙켈만(Johann Joachim Winckelmann, 1717~1766). 고대미술사를 연구하여 학문의 반열에 올려놓았다.

요한 빙켈만   레싱

"극심한 고통 속에서도 그는 절규를 탄식으로 참아낸다."
빙켈만은 라오콘 상이야말로 완전무결한 미의 규범이며, 비극적 영
웅의 정신적 존엄을 극적으로 드러낸다고 하였다.

레싱은 이를 반박했다.
그는 조각가가 라오콘의 고통을 절제해서 표현한 것은 위대한 영혼
을 드러내기 위해서가 아니라, '최고의 아름다움'을 보여주기 위해 그
런 것이라 했다.

라오콘이 입을 크게 벌리고 절규한다 생각하고 판단해보라.
아름다움과 고통을 동시에 보여주어 동정심을 불러일으키는
대신 흉하고 혐오스러우며 외면하고 싶은 모습이 되고 말았
다. 단순히 크게 벌린 입은 그림에서는 얼룩이고, 조각에서는
세상에서 가장 눈에 거슬리는 구멍이다.

레싱은 그리스 미술의 최고 법칙은 아름다움이었고, 표현 또한 그 법칙을 충실히 따랐다고 지적했다.

한편 문학에서는 어땠을까?
로마 시인 베르길리우스의 〈아이네이스〉에도 라오콘이 등장한다.
이 서사시에서 라오콘은 '하늘을 향해 소름 끼치는 비명을 지른다'고 표현되었다.

그의 비명이 남자의 품위를 떨어뜨렸을까?
그랬을지도 모른다.
하지만 그렇다 해도 문학에서는 별 문제가 되지 않는다.
이미 서술된 라오콘 관련 장면들을 통해 우리는 그가 신중한 애국자

이자 따뜻한 아버지라는 것을 안다.

그의 덕목들을 알고 그를 좋아하는 우리에게 금방 지나가고 마는 비명은 약점이 될 수 없다.

오히려 비명은 그 순간의 고통을 전달하는 요긴한 장치다.

조각가가 라오콘에게 비명을 지르지 않게 한 것이 잘한 일이라면, 시인이 그에게 비명을 지르게 한 것 역시 잘한 일이다.

문학은 시간의 예술이고 미술은 공간의 예술이다.

문학은 작품 안에서 연속적인 행동과 행위를 전개시키지만, 미술은 가장 함축적이고 생산적인 한 장면을 포착한다.

이렇듯 미술과 문학은 서로 다른 별개의 예술이며 그래서 상상력과 표현의 원리 또한 다를 수밖에 없다.

"미술과 문학은 서로 닮으려 애쓰지 말고 자신만의 길을 가라."

〈라오콘〉에 담긴 레싱의 충고다.

독일의 비평가이자 극작가인 레싱의 예술론 〈라오콘〉. '미술과 문학의 경계에 대하여'라는 부제를 단 책으로, 당시의 예술론에 큰 영향을 미쳤다.

17세기 바로크 시대부터 18세기 중반까지 미술과 문학은 같은 장르라는 독트린에 갇혀있었다. 시는 그림을 그리듯 묘사해야 하고 그림은 소리 없는 시 같아야 한다는 관념은, 문학에서는 묘사 벽을, 그림에서는 알레고리 벽을 낳았다. 예를 들어, 절제를 상징하는 여신이 손에 고삐를 들고 있는 것처럼 추상적인 것을 구체적인 것에 빗대어 설명하는 것은 그림의 대표적인 알레고리다.

하지만 레싱은 "미술과 문학은 서로 닮으려 애쓰지 말고 자신만의 길을 가라"며 조형미술과 문학의 경계를 확실히 긋는다.

레싱에 따르면 〈라오콘〉은 완성된 책이라기보다는 책을 쓰기 위해 두서없이 모아 놓은 자료와 메모다. 그래서 이론도 체계도 갖추어지지 않았다.

하지만 이 책으로 인해 '그림 같은 시'와 '시 같은 그림'의 시대는 종지부를 찍었고, 문학은 미술의 지배로부터 해방되었으며, 예술 장르가 독립과 자율성을 얻어 19세기 근대미학 담론이 출발할 수 있었다.

"우리를 초라한 관찰의 영역에서 자유로운 사유의 광야로 이끌어내었다."

이 책에 보낸 괴테의 찬사다.
하지만 예술을 통해 더 새로운 존재로 진화하고픈 인간의 갈망이, 이 미완(未完)의 책을 예술사의 명저로 끌어올린 것인지도 모른다.

작품 속 명문장

호메로스는 그의 서사시에서 아름다운 여인의 육체적 아름다움을 일일이 묘사하는 것을 의도적으로 배제한다. 우리는 그로부터 헬레네가 미끈하게 하얀 팔과 아름다운 머리카락을 가졌다는 것을 전혀 듣지 못한다. 그런데도 이 시인은 우리에게 그녀가 얼마나 아름다운지를 저절로 이해하게 한다. 이것은 미술은 꿈꿀 수 없는 능력이다. 헬레네가 트로이 원로들이 모여 있는 곳에 등장하는 대목을 떠올려보라. 점잖은 노인들이 그녀를 바라보고, 그중 한 사람이 다른 이들에게 말한다. "트로이 사람들과 그리스 병사들이 저 여인 때문에 오랫동안 고생하는 것도 무리가 아니군. 그 모습이 가히 불멸의 여신이오." 정열이 식은 노인들조차 헬레네는 너무 아름다워서 그 많은 사람들의 피와 눈물을 쏟으며 전쟁하는 것도 이해할만하다고 말하는 것보다 더 생생하게 그녀의 아름다움을 나타내는 방법이 어디 있을까?

www.monaissance.com

"우리를 경악하게 만드는 것, 그 속에 숭고함이 있다."

에드먼드 버크

21

숭고와 아름다움의 이념의
기원에 대한 철학적 탐구

A Philosophical Enquiry into the Origin of our Ideas of the Sublime
and Beautiful, 1757

숭고미를 독립적인 미학개념으로 고찰한 고전

에드먼드 버크
Edmund Burke, 1729-1797, 아일랜드

하늘과 땅을 찬연한 황금빛으로 물들이는 저녁노을.
모든 것을 다 휩쓸어버릴 듯 몰아치는 거센 폭풍우.

이 두 가지 풍경 앞에 서 있는 당신을 상상해보라.
분명 다른 느낌을 갖지 않겠는가?

서양 미학사에서 가장 중요했던 두 개념 '숭고'와 '아름다움'.
18세기 이전의 미학자들은 이 둘이 차이를 지닌 것으로 이해하지 않
았다.

15세 나이로 트리니티 칼리지에 입학한 신동이었고, 성인이 되어서
는 문필가로서 또 정치가로서 큰 자취를 남긴 에드먼드 버크.
그가 스물여덟 나이에 쓴 〈숭고와 아름다움의 이념의 기원에 대한 철
학적 탐구〉는 그가 남긴 유일한 미학서이지만, 숭고와 아름다움에 대
한 근대적 이해에 분기점을 마련했다.

　예술에서 '숭고'와 '아름다움'이라는 개념이 자주 혼동되고 있
　으며, 종종 서로 판이하거나 반대되는 속성을 가진 것들이 무
　차별적으로 적용되기도 한다.

에드먼드 버크가 이 책의 서론에서 한 말이다.

그에 따르면 저녁노을은 아름답고, 폭풍은 숭고하다.

아름다움과 숭고는 기원도 다르고, 대상도 다르다.

그러니 그것을 느끼는 우리의 감정양태도 달라진다.

한 마디로 '숭고'와 '아름다움'은 완전히 다른 개념이다.

그렇다면, 이 둘은 어떻게 다른 걸까?

① 표현대상이 다르다

아름다움은 질서 있고 조화롭고 명료한 것 속에 있다.

작고 부드럽고 가냘픈 것, 밝고 가볍고 섬세한 것이 아름다움의 대상이다.

반면 숭고는 무질서하고 불명확한 것 속에 있다.

거대하고 무한한 것, 어둡고 견고하고 육중한 것이 숭고의 대상이다.

이처럼 아름다움과 숭고는 서로 매우 다른 성질을 갖고 있다.

② 불러일으키는 감정이 다르다

아름다움은 순전히 즐거운 감정을 일으키지만, 숭고는 공포와 두려움을 일으킨다.

예컨대 저녁노을은 우리를 욕망, 욕구, 시름, 걱정 등에서 벗어나게 하고 기쁨과 쾌감, 만족을 준다.

아름다움의 본질은 사람들에게 기쁨과 만족을 주는 것이다.

반면 폭풍은 일차적으로는 공포와 두려움을 불러일으켜 우리에게 고통을 느끼도록 한다,

하지만 그것이 우리에게 직접 해를 끼치지 않게 거리를 유지하게 되면, 이차적으로는 일종의 안도감을 불러일으킨다.

이렇듯 숭고의 본질은 고통과 안도감이 공존하는 것이라고 버크는 말한다.

③ 관련되는 본능이 다르다

한 사물이 사람들을 더 가깝고 친밀하게 만들어 사회를 존속시켜주는 본능을 자극할 때 우리는 그것을 아름답다고 부른다.

반면 고통이나 위험이 있을 때 우리는 자기보존의 본능을 느끼게 된다.

숭고는 가장 강렬한 본능인 자기보존의 본능을 자극한다.

버크는 아름다움은 사회적 존속의 본능과 관련이 있고 숭고는 자기보존 본능과 관련이 있다고 말했다.

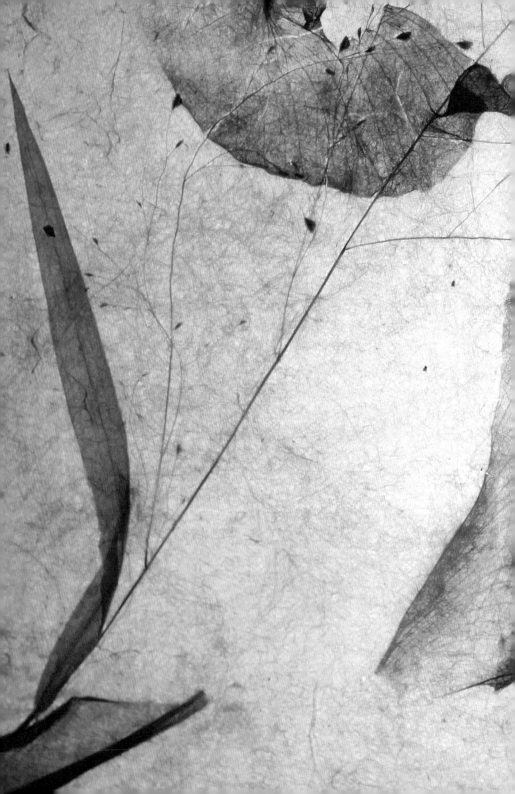

④ 인간의 신경조직에 미치는 생리적 영향이 다르다

마지막으로 버크는 생리적 측면에서 두 개념을 비교한다.
그에 따르면 아름다움은 우리의 신경조직을 부드럽게 이완시켜 만족
감을 느끼게 한다.
반면 숭고는 인간의 신경조직을 긴장시키고 수축시켜, 우리를 공포
로 이끈다.

아일랜드 출신으로 더블린의 트리니티 칼리지에서 공부하고 영국에서 활약한 문필가이자 정치가인 에드먼드 버크.

그가 쓴 단 한 권의 미학서인 〈숭고와 아름다움의 이념의 기원에 대한 철학적 탐구〉는 서양 미학에서 아름다움의 하위개념으로 간주해 온 숭고를 분리해 독립적인 미학개념으로 고찰한 고전이다.

아름다움과 숭고의 차이를 조목조목 뜯어보고 숭고함이 생성되는 원리를 체계적으로 논의한 이 책은 칸트의 〈판단력 비판〉 저술에 영향을 미친 것으로도 알려져 있다. 칸트는 실제로 이 책을 "아름다움과 숭고에 대해 경험론적, 심리학적 설명을 시도한 책 중에서 가장 탁월하다"고 평했다.

질서 있고 조화로운 것에 아름다움이 있다면, 숭고는 법칙과 한계를 넘어선 곳에 존재한다. 아름다움이 즐거움을 준다면 숭고는 두려움을 동반한다.

당신이 추구하는 삶의 미학은 아름다움인가, 숭고함인가?

작품 속 명문장

힘은 두려움을 동반할 때 숭고함이 느껴진다. 소는 아주 힘이 센 동물이지만 위험하지 않다. 또한 우리 일상생활에 매우 쓸모 있는 동물이다. 그래서 소에게는 장엄함이 느껴지지 않는다. 황소도 힘이 세다. 그러나 소가 센 것과는 다른 종류의 힘이다. 매우 파괴적이고 우리 일상에 쓰임새 있는 힘이 아니다. 이런 황소에게는 장엄함이 느껴진다.

"인간은 놀이하는 속에서만 온전한 인간이다."

〈인간의 미적 교육에 대한 편지〉 중에서

22

인간의 미적 교육에 대한 편지

On the Aesthetic Education of Man in a Series of Letters, 1794

예술 교육이 정치를 바꾼다!

프리드리히 실러
Friedrich von Schiller, 1759-1805, 독일

"인간은 그 말의 완전한 의미에서 인간인 한에서만 놀이하고, 또 놀이
하는 속에서만 온전한 인간이다." ―실러

놀이하는 인간의 모습에서 아름다움의 의미를 찾고 자유에 이르는
길을 찾은 프리드리히 실러.
그가 쓴 〈인간의 미적 교육에 대한 편지〉는 단순한 미학 이론서를 넘
어서는 문명비판론이자 미적 교육론이다.

1789년 일어난 프랑스 혁명은 자유롭고 평등한 새 시대를 향한 시민들의 뜨거운 열망이 분출된 것이었다.

하지만 그 열망은 증오와 폭력으로 변질되고, 극한의 공포와 독재로 이어진다.

이웃 나라에서 벌어지는 혁명의 끔찍한 민낯을 지켜본 독일의 시인 이자 극작가인 프리드리히 실러.

그는 새로운 시대를 위해서는 체제 변혁보다 인간 내면에 품격과 성 숙이 깃들어야 한다고 판단한다.

> "정치의 개선은 먼저 사람들의 품성을 고귀하게 만드는 일에 서 출발해야 합니다. 온갖 정치적 타락 속에서도 깨끗하고 순 수하게 남아있는 '살아있는 원천'을 키워야 합니다."

어떻게 하면 새 시대를 만들 수 있을까 고민한 실러는 다음과 같은
답을 찾는다.

"미적 인간, 즉 놀이하는 인간이 되어야 인간은 비로소 고귀한
성품을 지니게 되고 자유롭게 됩니다. 그래야 폭력 없고 자유
롭고 평등한 사회도 만들어나갈 수 있습니다."

실러는 이런 생각을 담아 자신을 후원하고 있던 덴마크의 아우구스
텐부르크 공작에게 27편의 편지를 썼고, 이 편지는 훗날 근대 미학사
에 중요한 획을 긋게 된다.

〈인간의 미적 교육에 대한 편지〉에 담긴 물음은 이것이다.
'인간은 어떻게 자유롭고 아름다운 존재가 될 수 있는가?'

실러는 그 해답을 인간이 가진 '놀이충동(Play-Drive)'에서 찾았다. 놀이충동은 우리 내부의 두 가지 충동, 즉 감각충동과 형식충동을 조화롭게 통일한다.

감각충동(Sense-Drive)은 시공간에 따라 변하는 감정을 따라가는 욕망으로, 감성적이고 육체적이면서 물질적이다.
형식충동(Form-Drive)은 시공간을 넘어 불변을 추구하는 욕망으로, 이성적이고 정신적이면서 도덕적이다.

실러는 칸트의 세계시민 사상을 토대로 이 책을 썼는데, 칸트에 따르면 인간은 이성의 계발을 통해서만 야만에서 벗어날 수 있고 나아가 도덕의 궁극지점인 세계시민이 된다.
이 과정에서 육체(감각충동)와 이성(형식충동)의 갈등이 불가피한데, 실러는 이것을 전쟁에 비유하면서 놀이충동이 중재자 역할을 한다고 하였다.

그렇다면 놀이충동은 어떻게 계발될 수 있을까?

예술과 아름다움에 대한 교육, 즉 미적 교육을 통해서다.

놀이충동이 발휘될 때 우리는 아름다움을 느끼는 존재가 되고, 예술적 활동을 하는 존재가 되기 때문이다.

결국 놀이하는 인간은 자유로운 인간이자 미적 인간이며, 이것이 바로 실러가 꿈꾸는 이상적인 인간이다.

예술 교육을 통해 내면의 자유와 성숙이 깃든 미적 인간이 되면, 그다음 단계인 도덕적인 인간이 되는 것은 시간문제이며, 도덕적 품격이 깃든 사람들이 모이면 폭력 없고 자유로운 평등사회의 건설도 가능하다는 것이 이 책의 핵심이다.

독일 고전주의 극작가이자 시인, 철학자인 프리드리히 실러가 쓴 〈인간의 미적 교육에 대한 편지〉.

실러가 자신의 '정치적 신앙고백'이라고 말한 것처럼, 이 글은 프랑스 혁명의 발발과 진행과정을 지켜보면서 처음에는 혁명을 긍정적으로 바라보았다가 점차 회의적으로 바뀐 실러의 심정과 시각이 반영된 글이며, 당시 프랑스에 도래한 공포정치를 넘어서기 위한 대안으로 제시되었다.
정치의 변화는 예술을 통한 인성교육에서 시작된다는 청사진을 제시한 이 책은 미적 교육에 대한 중요성을 최초로 환기시킨 책이기도 하다.

"인간은 아름다움을 통해 자유에 이른다."

아름다움과 예술을 통해 인간 본성을 회복하고 이상사회를 건설한다는 비전을 담고 있는 이 책은 발표 당시 많은 사람들에게 신선한 충격을 안겨주었고, 이후로도 많은 예술가와 철학자들이 거듭 인용하고 새롭게 해석해온 고전이다.

'미적 교육'을 통해 새 시대를 꿈꾼 실러가 당신에게 묻는다.

당신은 이성과 감성의 힘을 잘 조화시켜
삶을 예술로 승화시키고 있습니까?

작품 속 명문장
————————

인간은 자기 본성 안에 지극히 고귀한 것과 지극히 비천한 것을 다 품고 있습니다. 우리의 도덕은 이 고귀함과 저 비천함을 엄격하게 구분하지만, 또 우리는 그러한 구분을 적당히 없애야 행복해질 수 있습니다. 우리의 도덕과 우리의 행복을 하나로 합하게 하는 것이 미적 교육입니다.

————————

8장 행복한 공동체 만들기, '정치·경제·사회'

사회계약론 _ 장 자크 루소

도덕감정론 _ 애덤 스미스

미국의 민주주의 _ 토크빌

"인간은 태어날 때는 자유로웠는데 노예가 되어있다."

〈사회계약론〉 중에서

23
사회계약론

The Social Contract, 1762

현대 민주주의의 사상적 기반이 된 책

장 자크 루소
Jean-Jacques Rousseau, 1712-1778, 프랑스

1789년 7월 14일, 파리 시민들이 총으로 무장한 채 바스티유 감옥을 습격한다.

베르사유 궁전 밖의 국민을 거지로 전락시킨 절대왕정을 타도하려는 민중의 반란.

이름하여 프랑스 대혁명이다.

그 혁명의 이념을 제공한 이들은 몽테스키외, 볼테르, 루소, 디드로 등 계몽사상가들.

그중에서도 장 자크 루소의 〈사회계약론〉은 혁명을 주도한 사람들에게는 '경전'과도 같았다.

신분제도와 절대왕권을 당연한 것으로 받아들이며 살던 프랑스 시민들에게 모든 인간은 자유롭고 평등하며, 국가의 주권은 모든 국민에게 있다는 '국민 주권론'을 일깨운 책이다.

중요명제1: 인간은 태어날 때는 자유로웠는데 노예가 되어있다.

인간은 자유로운 상태로 태어났지만, 함께 모여서 사회를 이루어 살게 된 순간 이런 저런 사슬에 얽매이게 된다. 이런 현실을 감수해가면서 사회적 동물로 사는 것은 자신의 더 큰 안전을 위해 계약을 맺었기 때문이니 이것이 바로 사회계약이다. 그러므로 그의 '자연으로 돌아가자'는 말은 단순명제가 아니라 인간이 날 때부터 가지고 있었던 생명과 자유와 재산에 대한 권리를 이성의 힘을 빌려 되찾으라는 의미이다. 자유는 결코 누구에게도 양도할 수 없다.

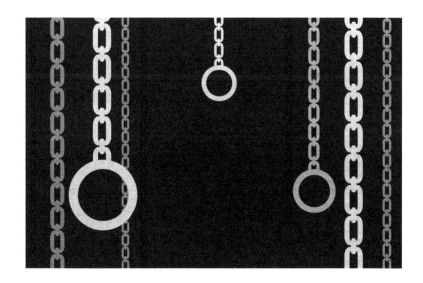

중요명제2: 안전하고 질서 있는 사회는 다른 모든 권리의 바탕이 되는 신성한 권리다. 그렇지만 그 권리는 자연적으로 생기는 것이 아니라 계약에 기초한다.

사회구성원들은 자신의 생명과 재산을 지키기 위해 자발적으로 계약을 맺고 공동체, 곧 국가를 만들어 살 수밖에 없다. 이는 홉스나 로크의 사회계약 이론과 유사해보이지만 상하 수직적인 계약관계, 즉 지배와 피지배의 구조를 넘어서지 못한 홉스나 로크의 이론과는 달리 루소는 모든 사람이 갖고 있는 '보편적 의지"로 구성된 평등한 계약관계를 주장한다.

그 결과 홉스는 전제군주제, 로크는 자유방임국가론으로 귀결된 반면 루소는 '직접민주주의'라는 새로운 그림을 그려냈다.

전제군주제

자유방임국가론

직접 민주주의

그렇다면 루소가 말하는 사회계약은 어떻게 맺어진 것인가?

① 각 구성원은 자신의 권리를 공동체 전체에 양도한다.

② 그 사회는 특정한 권리가 그 누구에게도 남지 않은 완전한 연합을 이룬다.

③ 각 구성원은 자신이 양도한 권리와 동일한 권리를 타인으로부터 받기 때문에 결국 아무에게도 양도하지 않은 것이며, 오히려 보호받는 더 큰 힘을 얻는 셈이다.

• '보편적 의지'란 공동의 이익을 위한 의지를 말한다.

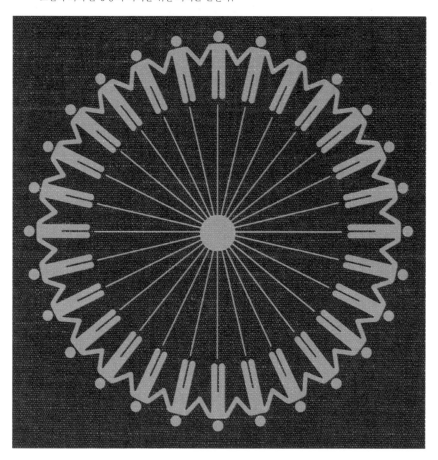

중요명제3: 구성원 간에 사회적 유대를 형성하는 것은 공통의 이익이다. 구성원 모두의 이익에 일치하는 점이 없다면 어떤 사회도 존재할 수 없다.

따라서 주권자*, 곧 국가는 특수한 개인을 위해서가 아니라 공익을 위해 권력을 행사해야 한다. 또한 공익을 위해 개인의 특수한 권리는 제한될 수 있고 또 오직 공익을 위해서만 개인의 특수한 권리가 허용될 수 있다.

중요명제4: 시민** **은 자신이 국가에 할 수 있는 모든 봉사를, 주권자가 요구하자마자 바칠 의무가 있다. 그러나 주권자 쪽에서는 공동체에 필요하지 않은 부담을 신민(臣民)***** **에게 지워서는 안 된다.**

신민이 보편적 의지에 의거해 주권자(국가)를 만들었으므로, 주권자에게 복종하는 것은 자유를 포기하는 게 아니라 곧 자기 자신에게 복종하는 일이다.

즉, 올바른 국가란 공익을 위해 민주적이고 윤리적이어야 하며, 인민이 스스로 만든 법에 의해 다스려져야 한다는 것이다.

• 개인들이 자신의 자연적인 권리를 완전히 양도함으로써 성립하는 공적 인격.
•• 개인적인 주권 참여자.
••• 국가의 법에 복종하는 자.

근대 정치사상의 고전이 된 루소의 〈사회계약론〉. 프랑스 혁명의 시작을 알리는 신호탄이 되었고 미국 독립운동의 사상적 기반이 되었다.

이 책은 "인간은 태어날 때는 자유로웠는데 노예가 되어있다."라는 유명한 문장으로 시작된다. 본디 자유롭게 태어난 인간이 자유를 양도하고 국가에 복종하기로 결심한 것은 바로 자기 이익을 위해서다. 그러므로 주권자가 아무것도 해주는 것 없이 국민을 힘들게 하면 사회적 계약관계를 계속 유지할 이유가 없으며 계약을 파기하는 것이 마땅하다는 게 루소의 주장이다.

〈사회계약론〉은 현대 민주주의의 개념과 틀을 제시한 고전으로 평가받고 있지만, 당시에는 왕권신수설에 기초한 절대군주들의 권력기반을 뿌리째 흔들어놓은 책이었기에 '사회질서를 혼란스럽게 한다'는 이유로 판매금지 처분을 받았으며, 루소는 도망자가 되어 힘든 나날을 보내기도 했다.

인간의 자유와 평등을 가장 귀중한 가치로 본 자유의 사상가 루소. 오
직 정당한 권력, 공동의 이익에 헌신하는 권력에만 복종하라고 말한
루소. 그의 〈사회계약론〉이 21세기에도 절실한 이유는 아직도 민주
주의의 원칙이 도처에서 지켜지지 않기 때문이다.

나의 국가는 정당하고 정의로워 복종할 만한 권력인가?

작품 속 명문장

인간은 태어날 때는 자유로웠는데 노예가 되어있다. 자기가 다른 사람의 주인이라 생각하는 사람도 실은 더 심각한 노예로 있다. 어쩌다가 이렇게 되었을까? 어쩌다가 이런 게 당연한 것처럼 되었을까? 나도 잘은 모르지만, 어떻게 변화해야 하는가에 대해서는 옳은 답을 가지고 있다고 생각한다. (…) 어떤 국민이 복종을 강요하는 것에 순순히 따르는 것은 현명하다 할 수 있다. 하지만 그들에게 속박을 거부할 힘이 생겨서 그것을 물리치고 자유를 되찾는다면 더욱 현명한 일이 될 것이다.

"사람은 본성적으로 사랑받는 것은 물론 사랑받을 만한 사람이 되고 싶어 한다."

〈도덕감정론〉 중에서

24
도덕감정론
The Theory of Moral Sentiments, 1759

애덤 스미스는 경제학자 이전에 도덕철학자였다!

애덤 스미스
Adam Smith, 1723-1790, 영국

'자본주의의 성서'라 불리는 〈국부론〉을 쓴 영국의 사상가 애덤 스미스. 〈국부론〉을 통해 애덤 스미스는 '경제학의 창시자' '자본주의의 아버지'라는 칭호를 얻었지만, 정작 그가 생애 최고의 역작으로 꼽은 책은 따로 있으니 바로 〈도덕감정론〉이다.

이 책이 쓰인 18세기 영국은 근대 시민계급이 태동하면서 그동안 억압된 인간의 자유와 권리를 되찾기 위한 사회적 충돌이 강하게 일어나던 혼란의 시기였다.

애덤 스미스는 사회철학자로서 이런 혼란과 갈등의 시대를 넘어 건강하고 행복한 사회로 나아갈 수 있는 방법을 찾기 위해 노력한다. 그리고 '함께 부대끼며 살아가는 인간'에서 그 해답을 찾는다.

인간이 아무리 이기적인 존재라 해도 인간의 본성에는 이와 상반되는 것이 있는데, 그것은 타인의 운명에 관심을 갖고 그의 행복을 지켜보며 기쁨을 얻는 것이다. 이렇게 인간은 타인의 행복을 필요로 하는 존재이다.

그는 타인의 행복과 불행을 보며 상대의 감정을 함께 느낄 수 있는 인간만이 가진 탁월한 상상력과 감수성, 즉 '공감 본성'에 주목했다. 그리고 그 공감 본성이 어떻게 건강하고 풍요로운 사회를 만들어나가는지 다음과 같이 설명한다.

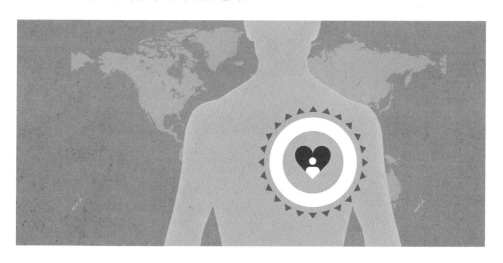

① '공감 본성'이 사회의 '질서'를 세운다

그는 인간이 타인의 감정을 공감하며 살아갈 때 비로소 도덕적인 '양
심'이 형성되고 이때 그의 내면에는 어느 한쪽으로도 치우치지 않는
'공평한 관찰자(Impartial Spectator)'를 갖게 된다고 말한다.

그리고 이 공평한 관찰자가 작동하여 '불의'에 대해서는 '정의'를 행
하고 '불행'에 대해서는 '자비'를 행할 때 사회질서가 세워진다는 것
이다.

단, 여기서 중요한 것은 '자비'가 '정의'보다 앞서면 안 된다는 것이다.

"비록 불완전하지만 자비 없는 사회는 존속할 수 있어도, 불의가 만연
한 사회는 완전히 붕괴된다."

② '공감 본성'이 사회의 '발전과 번영'을 이끈다

애덤 스미스는 더 인정받고 주목받기 위해 더 높이 오르고 더 많이 가지려는 인간의 '욕망'이 '문명 발달'과 '경제 발전'에 기여한 것을 부정하지 않았다.

그러나 그는 건강한 경쟁, 다시 말해 '공정한 관찰자'에 의해 제어된 욕망과 그것을 바탕으로 한 경쟁만이 건강한 번영을 가져올 수 있으며 경쟁에 참여한 당사자에게도 궁극적 만족감을 선사한다고 말한다.

"진정으로 현명한 사람은 무지한 수천 명의 요란한 갈채보다 현자(賢者) 한 명의 사려 깊은 인정에 더욱 가슴 벅찬 만족감을 얻는다."

애덤 스미스는 경제학뿐 아니라 철학, 윤리, 법, 정치 등 다방면에 조예가 깊은 학자였다. 〈도덕 감정론〉은 그가 〈국부론〉을 저술하기 훨씬 전에 쓴 첫 번째 주저다.

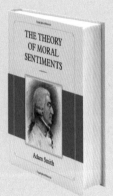

17세기 영국에서는 홉스의 이기적 윤리학설이 지배적이었다. 인간은 본성적으로 이기적이고, 그래서 사람들을 사회적 공공이익 활동에 참여 하게 하려면 엄격한 규율과 강제가 불가결하다고 보았다. 이 학설은 18세기에도 계승되었는데, 이에 대한 반발로 인간은 본성상 사교적이며 단지 이기적이기만 하지 않고 다른 사람의 이익을 생각하는 이타적 감정도 지닌다고 보는 '도덕 감정' 이론이 제기되었다. 흄(David Hume)이 이를 발전시켰고, 이 학설은 18세기 독일 사상에도 영향을 주어 칸트 윤리학 성립의 단초가 되기도 했다.

흄의 영향을 받은 애덤 스미스는 〈도덕감정론〉에서 '공감'이라는 비(非)이기적 원리로 도덕과 법의 기원을 설명한다. '사람들은 왜 어떤 행동이나 의도에 대해 타인을 칭찬하거나 비난하는가?' 이에 대해 그는 인간은 본래부터 도덕적 감성을 가지고 태어났으며 인간의 양심은 무엇이 옳고 그른지를 판단할 수 있는 기준이라고 주장한다.

인간의 감정을 이성으로 억누르는 것을 미덕으로 여기던 시대적 관습에 대항해 인간의 순수감정이 자유롭고 건강하게 발현되는 새로운 공동체를 모색했던 사상가, 애덤 스미스.

〈도덕감정론〉은 애덤 스미스라는 위대한 학자를 이해하는 데 필수적인 책인데, 그의 또 다른 대표작인 〈국부론〉의 밑바탕에는 이러한 〈도덕감정론〉에 나타난 인간의 감성에 관한 깊은 통찰력이 깔려있다. 〈국부론〉을 오독(誤讀)한 많은 이들이 그를 '무한 이기주의'와 '약육강식 경제논리'의 옹호자로 오해한다. 그러나 〈국부론〉의 영문 제목이 'The Wealth of Nations'라는 것만 보더라도 그가 한 사회, 한 국가가 아닌 모두가 함께 잘 사는 세상을 꿈꾸었음을 알 수 있다.
그리고 그러한 사상은 '신자유주의'와 '자본주의' 속에서 야기된 과도한 경쟁과 고립되어 가는 인간의 문제를 극복하고 더불어 잘사는 '새로운 공동체'를 만들어가야 할 책임이 있는 21세기의 우리에게도 소중한 가르침을 준다.

그가 말년에 이 책을 다시금 매만지며 덧붙인 '에피루스의 왕'*의 이
야기가 있다

왕이 신하에게 그의 모든 정복 계획을 말하자, 신하가 물었다.
"폐하, 그 후에는 무엇을 하실 작정이십니까?"
"친구들과 더불어 즐겁게 지낼 작정이다."
"그럼 무엇이 지금 폐하께서 그리하시는 것을 방해하고 있습니까?"

지금 당신은 무엇을 위해 살아가는가?
그것은 과연 '오늘의 행복'을 희생하면서까지
추구할만한 '가치가 있는 것'인가?

• Epirus는 그리스의 북서부에 있던 역사상의 지방.

사람은 본성적으로 사랑받는 것은 물론 사랑받을 만한 사람이 되고
싶어 한다. 즉, 사랑받아 마땅하고 그 사랑이 자연스럽게 어울리는 대
상이 되기를 열망하는 것이다. 그는 또한 미움을 받는 것은 물론 미움
을 받을 만한 존재가 되는 것을 원하지 않는다. 즉, 미움 받아 마땅한
사람이 되는 것이 두려운 것이다. (…) 우리가 칭찬을 좋아하는 것은
칭찬을 받을 만한 사람이 되고 싶은 열망에서 기인한다.

"유럽인에게 공직자는 군림하는 권력자이지만,
미국인에게 공직자는 자신들의 권리를 상징한다."

〈미국의 민주주의〉 중에서

25
미국의 민주주의

Democracy in America, 1835·1840

QR

미국의 정치와 민주주의를 가장 정확하게 통찰한 역작

알렉시스 드 토크빌
Alexis de Tocqueville, 1805-1850, 프랑스

1831년 봄, 20대의 프랑스 청년 두 명이 대서양을 건넌다.
판사인 알렉시스 드 토크빌과 그의 친구 귀스타브 드 보몽*.
미국의 감옥 시설을 시찰하기 위해서였다

두 사람은 25개주 1만 2000킬로미터를 1년 가까이 여행하며 존 애덤
스 전 대통령부터 인디언 추장까지 다양한 인물과 접촉했다.
1832년 프랑스로 귀국한 토크빌은 '형벌제도에 관한 보고서'를 제출
한 뒤, 자신의 경험을 토대로 '미국 답사기'를 출간했다.

• Gustave de Beaumont(1802~1866). 프랑스 사회학자.

귀족은 한 명도 없고, 누구나 균등한 교육을 받으며, 누구나 정치에 참여하고 상업 활동을 할 수 있는 '충격적인 세상'을 소개한 이 책은 신생국 미국에 대한 위대한 보고서로, 훗날 민주주의의 교과서로 불리게 된다.

가장 평범한 사람일지라도 가장 영향력 있는 사람을 만났을 때 악수를 청할 수 있는 나라.
오늘 가난한 사람도 내일은 부자가 될 수 있고, 없는 사람도 당당하게 투표할 수 있는 나라.

당시 미국은 서부 출신의 앤드류 잭슨 대통령 치하에서 '풀뿌리 민주주의'가 활성화되던 시기였다.
출신 성분이 삶의 큰 부분을 좌우하던 구세계 출신의 토크빌에게 자유롭고 평등한 미국의 정치와 사회는 문화적 충격 그 자체였다.

미국인이 알고 있는 거의 유일한 즐거움은 정부에 참여하고 정부 활동에 대해 논평하는 것이다. 두 사람만 모여도 모임을 만들고, 뭔가를 얻기 위해 로비를 시작한다.

당대 미국에 대한 귀한 자료이기도 하지만 이 책이 고전으로서 가치를 갖는 것은 토크빌의 통찰력 덕분이다.
그는 신생 미국이 민주공화정을 유지할 수 있는 조건으로 자연환경과 법률과 관습, 세 가지를 꼽았다.

①**자연환경:** 이웃 나라가 없고 땅이 넓어 전쟁도, 재정적 위기도 없다. 따라서 높은 세금을 내거나 뛰어난 장군들이 있을 필요가 없다.

②**법률:** 강력한 연방제와, 다수의 전제를 완화시키는 타운(town) 중심의 지방자치가 조화롭다. 그리고 시민의 이익을 배려하는 사법권이 있다.

③**관습:** 귀족도 없고 하층민도 없다. 초기 이민자들은 교육을 통해 모두가 평등한 민주주의를 자연스레 받아들이고 있다.

토크빌은 이 책에서 훗날 미국과 러시아의 충돌을 예견하기도 한다. "오늘날 세계에는 위대한 두 민족이 있다. 하지만 아메리카인과 러시아인은 다르다. 아메리카의 주요수단은 자유인 반면 러시아는 예속이다."

또한 남북전쟁의 가능성도 말한다.
"합중국의 미래를 위협하는 가장 심각한 것은 노예제도이다. 노예들 덕택에 게으름에 빠진 남부 백인들은 충동적으로 행동하는 경향이 짙다."

하지만 무엇보다 놀라운 통찰은 민주주의의 흐름을 예견한 것이다.
"민주주의는 필연적이다. 유럽 역시 법 앞의 평등은 물론 재산, 지식
등 대부분이 평등화되고 평균화될 것이다."

그는 나아가 당시 서구세계의 변방이었던 미국이 '언젠가 지구상에
서 가장 부유하고 강한 나라 중 하나가 될 것'이라 전망했다.

토크빌은 프랑스의 귀족가문 출신이다. 로베스피에르의 공포정치 시대에 그의 집안사람들 다수가 단두대에서 목숨을 잃었다. 그가 태어나기 이전에 공포정치 시대는 막을 내렸지만, 19세기 초반의 프랑스는 여전히 혼란스러웠다.

1831년 교도소 시찰을 명분으로 미국 땅을 밟았지만, 그의 진짜 목적은 미국 민주주의 전문가가 되는 것이었다. 절친과 더불어 10개월 동안 미국을 여행하며 미국의 정치와 사법·행정제도, 언론, 결사 등을 관찰했다. 미국을 들여다보면서 그의 머릿속에는 이런 질문이 떠올랐다. "프랑스는 혁명의 피를 흘리고도 민주주의를 아직 얻지 못했는데, 미국에서는 어떻게 민주주의가 이토록 순조롭게 사회 깊숙이 뿌리내리고 있을까?"

미국의 정치에 흥미를 느낀 토크빌은 일반인들이 정치 프로세스에 활발히 참여하고 헌신하는 모습에 깊은 인상을 받았다. 이는 당시 구대륙에서는 낯선 개념이었다. "미국에 발을 들이는 순간 일종의 격정에 휩싸이게 된다. 미국인이 아는 거의 유일한 즐거움은 정부에 참여하여 정부의 활동을 논하는 것이다."

1835년 1권에 이어 1840년 2권이 출간된 〈미국의 민주주의〉는 "몽테스키외 이래의 명저"라는 칭송을 받았다. 영국의 존 스튜어트 밀도 서평을 통해 극찬했으며, 오늘날까지도 민주주의에 관한 고전으로 널리 읽히고 있다.

"토크빌의 논평과 관찰력은 놀라울 정도로 정확해서 1831년이 아니라 지금 적용해도 전혀 손색이 없을 정도이다." ─케네스 데이비스 (미국 언론인 겸 저술가)

프랑스는 물론 영국, 독일 등 귀족사회와 왕정이 지배하던 유럽에는 충격을 주었고 미국인들에게는 자부심을 준 책 〈미국의 민주주의〉. 근대 민주주의 사회로의 이행을 필연적인 섭리라 예견하여 '민주주의의 노스트라다무스'라고도 불리는 저자 토크빌이 21세기 시민들에게 말한다.

"국민이 모든 것의 근원이고 목적이다. 모든 것은 국민으로부터 나오며 모든 것은 국민에게로 돌아간다." ─알렉시스 드 토크빌

작품 속 명문장
————

미국에서는 누구도 덕(德)의 아름다움을 강변하지 않는다. 하지만 덕이 필요하다는 것에 모두 뜻을 같이하고, 나아가 그 효용을 일상에서 증명한다. 미국의 윤리학자들은 이웃을 위한 자기희생이 고귀한 것이라서 희생해야 한다고 말하지 않고, 이웃에게도 좋지만 나에게도 필요한 일이라고 말한다. (…) 그들은 인간이 선하고 정직해지면 개개인도 이익을 얻는다는 것을 증명하려 힘쓴다.

————

www.monaissance.com

9장 '철학', 멋진 인생을 가꾸는 힘

니코마코스 윤리학 _ 아리스토텔레스

대학 _ 주희

인생의 짧음에 대하여 _ 세네카

"과도함과 부족함은 악덕의 특징이며 중용은 덕(德)의 특징이다."

〈니코마코스 윤리학〉 중에서

26
니코마코스 윤리학

Nicomachean Ethics, BC 350

QR

고대 그리스 도덕론의 정점, 서양 윤리학의 토대

아리스토텔레스
Aristoteles, BC 384-BC 322, 고대 그리스

"당신이 어떤 상황이 닥쳤을 때 어떻게 행동할지는 당신이 이해하고 있는 행복의 내용을 보면 알 수 있다."

고대 그리스의 대철학자 아리스토텔레스가 한 말이다.
아리스토텔레스의 윤리학이 관심을 갖는 것도 '행복" 이다.
〈니코마코스 윤리학〉은 인간의 행복이 무엇인지, 어떻게 그 행복에 도달하는지, 그 과정에서 필요한 앎이 무엇인지를 밝힌 책이다.

• 그리스어로 '행복'은 eudaimonia. 만족한, 성취한, 그리고 활발히 활동하는 삶을 뜻한다.

1) '행복'이란 무엇인가?

행복이란 인간이 추구하는 '최고의 좋음', 즉 '최고선(最高善)'이다.
자연은 목적 없이는 아무것도 만들지 않았기에 모든 것은 그 무엇을
위한 수단인데, 행복은 그 자체가 목적이다.
그래서 우리가 행복을 추구하는 것도 다른 어떤 목적이 있어서가 아
니라 행복 그 자체를 위해서인 것이다.

2) 어떻게 우리는 행복해질 수 있는가?

사물의 고유한 기능이 잘 발휘될 때 우리는 그
사물이 가장 좋은 상태에 있다고 말한다.
마찬가지로 인간도 인간의 고유기능인 '이성'이
탁월하게 발휘될 때 최고선이 실현되고 행복을
느낄 수 있다.

3) '탁월함(arete)'이란 무엇이며 어떻게 만들어지는가?

'탁월함'에는 두 가지가 있다. 하나는 본성과 교육의 결합을 통해 생겨나는 지적 탁월함(사유의 탁월함)이고 다른 하나는 모방, 실천, 습관을 통해 얻어지는 성품의 탁월함이다.

① 성품의 탁월함

성품의 탁월함은 성격적 상태가 중용의 원칙과 일치할 때 얻어진다. 아리스토텔레스는 열한 가지의 성격적 탁월성을 거론하는데, 용감함, 절제, 온화는 감정영역에, 진실성, 재치, 친애는 사회적 관계에 놓았으며, 자유인다움, 통이 큼, 적절한 명예의식, 큰 포부 등은 외적인 좋음이란 범주에 놓았다.

예를 들어 두려움이 지나치면 '비겁함'이 모자라면 '무모함'이 나오는데, 중용의 지점은 '용감함'이다.

노여움이 지나치면 '성마름'이고 모자라면 '화낼 줄 모름'인데, 중용은 '온화'다.

명예와 재물도 지나치면 '허영심'과 '낭비'가 되고 모자라면 '소심함'과 '인색'으로 간주되는데, 중용을 지키면 '큰 포부'와 '자유인다움'이 된다.

결국 감정에서나 사회적 관계에서나 재물·명예 등 외적인 좋음을 추구하는 것에서나, 지나치지도 않고 모자라지도 않는 '중용'을 지키는 것이 성품의 탁월함을 갖는 길이다.

그래서 아리스토텔레스는 **"과도함과 부족함은 악덕의 특징이고, 중용은 덕(德)의 특징"**이라고 하였다.

② 지적 탁월함(사유의 탁월함)

그렇다면 우리에게 중용을 얻게 하는 것은 무엇일까?

아리스토텔레스에 따르면 중용은 올바른 '이성'을 통해 실현된다.

앞에서 성품의 탁월함은 실천과 습관을 통해 얻어지고 지적 탁월함은 본성과 교육을 통해 생겨난다 했는데, 이성은 지적 탁월함과 관련이 있다.

즉, 아리스토텔레스는 지적 탁월함을 구성하는 다섯 가지 사유(思惟)의 덕으로 학문적 인식, 직관적 지성, 철학적 지혜, 기예, 실천적 지혜를 제시했는데, 이중 실천적 지혜인 '프로네시스(phronesis)'가 바로 이성이다.

이처럼 지적 탁월함은 배움을 통해 얻는 앎이고, 성품의 탁월함은 앎을 삶에서 매일 실천함으로써 몸에 새기는 습관이니, 지적 탁월함과 성품의 탁월함은 상호의존적이다.

인간의 고유기능인 이성을 발현하여 중용을 실천하며 살면 우리는 최고선, 즉 행복에 이른다는 게 아리스토텔레스의 결론이다.

그런데 우리에게 만일 친구가 없다면, 과연 나 홀로 행복을 완성할 수 있을까?

아리스토텔레스는 마지막으로 상대가 잘 되기를 바라는 마음을 갖는 친구들 사이의 우정인 친애, 즉 '필리아(Philia)'가 꼭 필요하다고 말한다.

세계 최초의 체계적 윤리학서인 아리스토텔레스의 〈니코마코스 윤리학〉. 만년에 이른 아리스토텔레스의 원숙한 사색이 담긴 책으로, 고대 그리스 도덕론의 정점이요 서양 윤리학의 사상적 골격을 이루는 책이다.

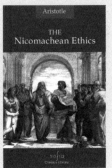

〈니코마코스 윤리학〉이라는 제목은 아리스토텔레스의 아들 니코마코스가 편집하여 붙여진 이름이다.

이 책의 핵심주제어는 행복. 윤리학은 모든 행위가 목적으로 하는 선(善)을 연구하는 것인데, 선은 곧 행복이라는 논리에 따라 이야기를 끌고 간다. 즉, 인간이 궁극적으로 지향하는 목적은 행복이고, 이 행복은 인간의 고유기능인 이성이 중용(덕)이라는 탁월한 품성으로 발휘될 때 따라오는 것이라는 걸 논증한 책이다.

아리스토텔레스는 이 책을 통해 도덕의 실천을 위해서는 개인의 이익을 희생해야 한다는 관념을 과감히 벗어던지고, 오히려 도덕의 실천을 통해 행복에 도달할 수 있다고 역설한다.

그에 따르면 갓난아기에게 시력과 청력이 미리 내재된 것처럼 인간도 태어날 때부터 탁월함을 행할 수 있는 능력이 내재되어 있다. 올바른 이성을 동반해 그것을 사용하면 완전한 탁월함을 얻을 수 있고, 인간이 완전한 탁월함을 얻으려는 것은 행복하기 위해서라는 것이다. 결국, 인간에게 행복은 '인간답게 사는 것'이다.

아리스토텔레스가 묻는다.

당신의 오늘은 '탁월함(arete)'을 추구한 하루인가?

작품 속 명문장
_____

인간의 선은 덕을 따르는 정신적 활동이다. 덕이 여러 개 있다면 그 중에서도 가장 좋고 완벽한 것을 따라야 한다. 그리고 하루나 한 번이 아닌 온 생애를 통해야 한다. 제비 한 마리가 날아온다고 하루아침에 봄이 오지 않듯, 사람도 하루아침에 또는 짧은 시간 안에 복 받고 행복해지는 것이 아니기 때문이다.

_____

www.monaissance.com

"진실로 하루가 새로워지려면, 나날이 새롭게 하고
또 날로 새롭게 하라(苟日新 日日新 又日新)."

〈대학〉 중에서

27
대학(大學)

The Great Learning, 1190년경

고대 유가(儒家) 철학과 정치사상의 결정체

주희
朱熹, 1130-1200, 중국

〈대학〉은 원래 〈예기(禮記)〉라는 책 속에 들어있는 짧은 글이었다.
지은이는 공자의 제자인 증자(曾子)라는 설과 공자의 손자인 자사(子
思)라는 설이 있는데, 누가 맞는지는 정확히 모른다.
오늘날 우리가 읽는 〈대학〉은 송(宋)대의 유학자 주희(朱熹)가 편찬
한 것이다.

그는 〈예기〉에서 〈대학〉과 〈중용〉을 따로 떼어 독립시켜, 기존의 〈논어〉〈맹자〉와 함께 사서(四書) 체제를 확립했다.

그 과정에서 기존의 원본에 장구(章句)를 넣어 자세한 해설을 붙이고, 순서가 잘못된 것을 바로잡고 빠진 부분을 보충했다.

〈대학〉은 유가(儒家) 철학과 정치사상의 핵심을 제시한 책이다.

이 책을 통해 성인(聖人)을 지향한 옛 사람들이 하던 공부의 시작과 끝을 알 수 있으니, 시작은 덕을 함양하여 자기 자신을 닦는 일이고 끝은 세상을 바로잡는 것이다.

그래서 유학을 수기치인(修己治人)의 학문이라 부른다.

〈대학〉의 내용은 크게 세 가지 강령(三綱領)과 여덟 가지 조목(八條目)으로 나뉜다.

삼강령(三綱領)-공부의 목적

팔조목(八條目)-공부의 목적을 이루는 방법

1) 공부의 목표는 무엇인가? ―3가지 강령

①**명명덕(明明德)**: 공부의 첫 번째 목적은 "자신의 밝은 덕을 밝히는 것"이다. 사람은 누구나 자기 마음속에 밝은 덕을 가지고 있는데 이것이 명덕(明德)이고, 그 타고난 덕을 밝혀 회복하는 것이 명명덕(明明德)이다.

②**신민(新民)**: 공부의 두 번째 목적은 "백성을 새롭게 하는 것"이다. 자신의 명덕을 밝힌 뒤에는 이를 바탕으로 가족과 이웃, 나아가 백성을 교화시켜 새롭게 하는 것이다. 고본 〈대학〉에는 "백성을 가까이 한다"는 뜻의 '친민(親民)'으로 쓰였으나, 주희가 '나의 덕을 밝힌 뒤에는 남(백성)도 덕을 밝히도록 이끈다'는 의미로 '신민(新民)'이라 바꾸었다.

③**지어지선(止於至善)**: 공부의 마지막 목적은 지극한 선(至善)에 머무는 것이니, 바로 "지극히 도덕적인 사회를 실현하는 것"이다. 이처럼 이상적인 사회는 통치자가 자신부터 솔선해서 도덕을 수양하고 다른 사람도 잘 이끌어야 이루어질 수 있는 것이니, 이것이 공부의 궁극적인 목표다.

2) 어떻게 공부의 목표에 이를 것인가? ─8가지 조목

〈대학〉에서는 세 가지 강령의 구체적인 실천항목을 여덟 가지로 제
시했으니, 즉 ①격물(格物) ②치지(致知) ③성의(誠意) ④정심(正心)
⑤수신(修身) ⑥제가(齊家) ⑦치국(治國) ⑧평천하(平天下)이다.

①격물(格物)은 만물의 이치를 궁구하는 것이고 ②치지(致知)는 격물
을 통해 지극한 앎에 이르는 것이다. ③성의(誠意)는 뜻을 성실하게
하는 것이고 ④정심(正心)은 마음을 바로잡는 것이다. 여기까지가 정
신수양의 과정이다.

⑤수신(修身)은 앞에서 쌓은 공부를 바탕으로 자신을 닦아 내 안의 밝은 덕을 빛나게 하는 것이니, 결국 '격물'부터 '수신'까지가 3강령 중 명명덕(明明德)에 해당한다. ⑥제가(齊家)는 집안을 가지런히 하는 것이니 가까운 사람을 가르치지 못하면 남을 가르칠 수 없기 때문이다. ⑦치국(治國)을 통해 나라와 백성도 잘 다스렸다면, 천하가 고루 평안한 ⑧평천하(平天下)도 함께 따라올 것이다. '제가' 이하는 3강령 중 신민(新民)의 일이니 단계를 밟아 나아가면 궁극의 목적지에 이를 수 있다.

덕 있는 사람이 되는 것에서 시작하여 덕 있는 사회를 만드는 것으로 끝나는 공부, 이것이 바로 큰 사람(大人)의 공부며 〈대학〉의 지향점이다.

자기수양과 그것을 바탕으로 한 올바른 통치법을 이야기한 책 〈대학〉. 사서삼경 중 가장 짧지만 가장 분명한 목적을 가진 이 책은 수기치인(修己治人)을 지향하는 유가(儒家)에서 매우 중요한 책으로 인정받고 있으며, 주희는 이 책을 학문의 덕(德)으로 들어가는 입문지침서라 하였다.

〈대학〉에서 '수신(修身)'에 힘쓴 통치자의 한 예로 거론한 임금은 은나라 탕(湯)왕이다. 그는 목욕할 때 쓰는 큰 대야에 "진실로 하루가 새로워지려면, 나날이 새롭게 하고 또 날로 새롭게 하라(苟日新 日日新 又日新)."라는 글을 새겨놓았다고 한다. 매일 얼굴과 몸을 닦을 때마다 상기하여 마음 닦는 일도 게을리 하지 않기 위해서였다. 이런 마음가짐이 그를 어진 임금으로 만들 수 있었다.

'치국(治國)'과 '평천하(平天下)'를 논한 마지막장에서는 '혈구지도(絜矩之道)'에 대해 이야기하였다. '絜(혈)'은 잰다는 뜻이고 '矩(구)'는 ㄱ자 모양의 자(곡척)를 뜻하는데, 자로 물건을 재듯이 내 마음을 자로 삼아 남의 마음을 재고, 내 처지를 생각해서 남의 처지를 헤아리는 것이 '혈구지도'이다.

> 윗사람에게 받은 싫은 방식으로 아랫사람을 부리지 말고, 아랫사람에게 받은 싫은 방식으로 윗사람을 섬기지 말며, 앞사람에게 받은 싫은 방식으로 뒷사람을 이끌지 말고, 뒷사람에게 받은 싫은 방식으로 앞사람을 따르지 말며, 오른쪽 사람에게 받은 싫은 방식으로 왼쪽 사람을 사귀지 말고, 왼쪽 사람에게 받은 싫은 방식으로 오른쪽 사람과 사귀지 마라.

인간의 도덕성을 강조하고 사람을 중요시하는 인본주의 사상을 담고 있다는 점에서 〈대학〉은 동양의 인문정신을 잘 보여주는 책이며, 전통사회의 지식인뿐만이 아니라 오늘을 살아가는 현대인들에게도 삶의 유용한 지침을 준다.

나의 오늘은 어제와 다른 새로운 날인가?
나는 날마다 조금씩 더 좋은 사람이 되고 있는가?

작품 속 명문장
_____

부(富)는 집을 윤택하게 하고 덕(德)은 몸을 윤택하게 한다.

마음이 없으면 보아도 보지 못하고, 들어도 듣지 못하며, 먹어도 그
맛을 알지 못한다.

_____

"우리의 수명이 짧은 게 아니라, 우리가 많은 시간을 낭비하고 있는 거라오."

〈인생의 짧음에 대하여〉 중에서

28
인생의 짧음에 대하여

On the Shortness of Life, 49

로마 정신문화의 지도자 세네카의 명저

루키우스 세네카
Lucius Annaeus Seneca, BC 4?-65, 고대 로마

"어떤 동물에게는 인간보다 다섯 배 혹은 열 배나 많은 수명을 주었
거늘 그토록 많은 일을, 그토록 큰 일을 하도록 태어난 인간에게는 이
토록 짧은 수명만을 주다니!" —아리스토텔레스

로마 정신문화의 지도자로 후기 스토아학파*를 이끈 세네카.
그는 아리스토텔레스의 탄식에 이렇게 답한다.

**"우리의 수명이 짧은 것이 아니라, 우리가 많은 시간을 낭비하고 있
는 것이라오."**

* Stoicism. 금욕과 평정을 최고의 선으로 본 학파.

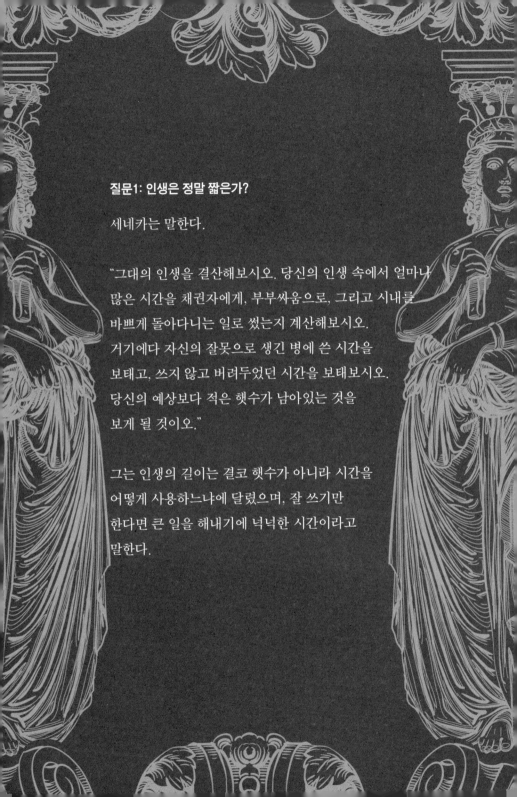

질문1: 인생은 정말 짧은가?

세네카는 말한다.

"그대의 인생을 결산해보시오. 당신의 인생 속에서 얼마나
많은 시간을 채권자에게, 부부싸움으로, 그리고 시내를
바쁘게 돌아다니는 일로 썼는지 계산해보시오.
거기에다 자신의 잘못으로 생긴 병에 쓴 시간을
보태고, 쓰지 않고 버려두었던 시간을 보태보시오.
당신의 예상보다 적은 햇수가 남아있는 것을
보게 될 것이오."

그는 인생의 길이는 결코 햇수가 아니라 시간을
어떻게 사용하느냐에 달렸으며, 잘 쓰기만
한다면 큰 일을 해내기에 넉넉한 시간이라고
말한다.

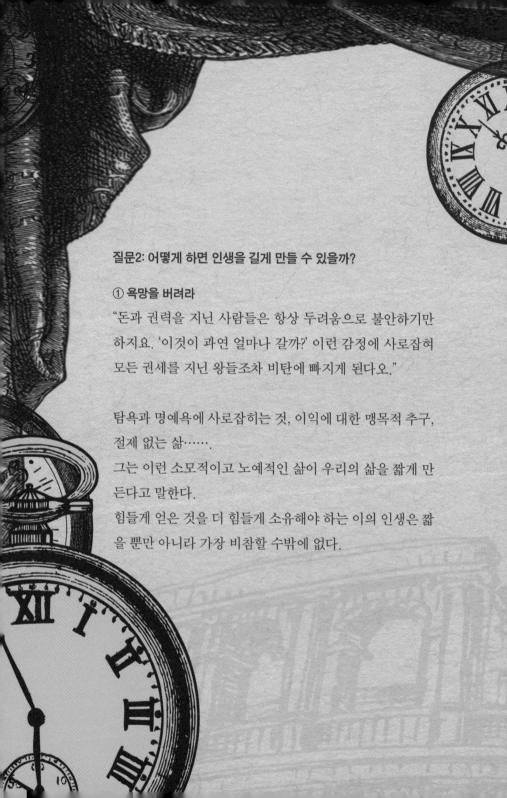

질문2: 어떻게 하면 인생을 길게 만들 수 있을까?

① 욕망을 버려라

"돈과 권력을 지닌 사람들은 항상 두려움으로 불안하기만
하지요. '이것이 과연 얼마나 갈까?' 이런 감정에 사로잡혀
모든 권세를 지닌 왕들조차 비탄에 빠지게 된다오."

탐욕과 명예욕에 사로잡히는 것, 이익에 대한 맹목적 추구,
절제 없는 삶⋯⋯.
그는 이런 소모적이고 노예적인 삶이 우리의 삶을 짧게 만
든다고 말한다.
힘들게 얻은 것을 더 힘들게 소유해야 하는 이의 인생은 짧
을 뿐만 아니라 가장 비참할 수밖에 없다.

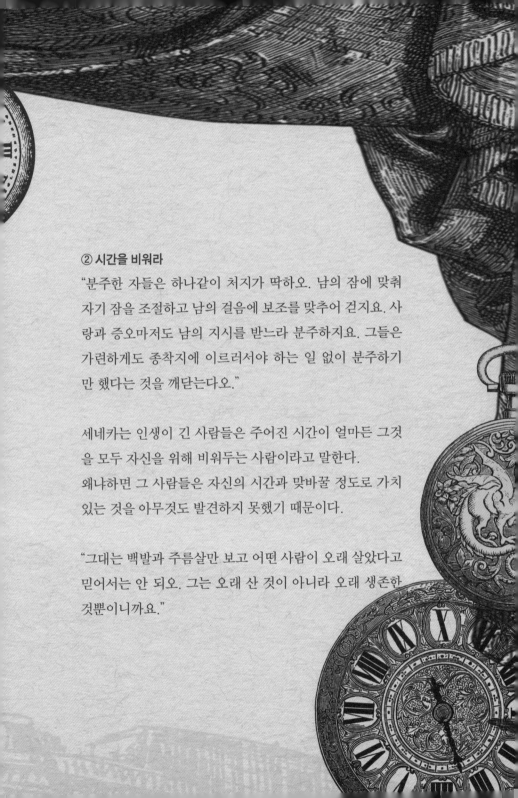

② 시간을 비워라

"분주한 자들은 하나같이 처지가 딱하오. 남의 잠에 맞춰 자기 잠을 조절하고 남의 걸음에 보조를 맞추어 걷지요. 사랑과 증오마저도 남의 지시를 받느라 분주하지요. 그들은 가련하게도 종착지에 이르러서야 하는 일 없이 분주하기만 했다는 것을 깨닫는다오."

세네카는 인생이 긴 사람들은 주어진 시간이 얼마든 그것을 모두 자신을 위해 비워두는 사람이라고 말한다.
왜냐하면 그 사람들은 자신의 시간과 맞바꿀 정도로 가치 있는 것을 아무것도 발견하지 못했기 때문이다.

"그대는 백발과 주름살만 보고 어떤 사람이 오래 살았다고 믿어서는 안 되오. 그는 오래 산 것이 아니라 오래 생존한 것뿐이니까요."

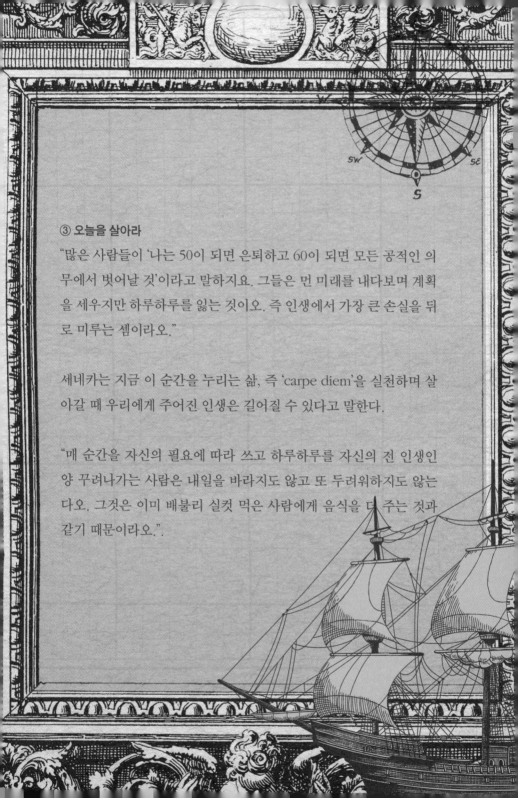

③ 오늘을 살아라

"많은 사람들이 '나는 50이 되면 은퇴하고 60이 되면 모든 공적인 의무에서 벗어날 것'이라고 말하지요. 그들은 먼 미래를 내다보며 계획을 세우지만 하루하루를 잃는 것이오. 즉 인생에서 가장 큰 손실을 뒤로 미루는 셈이라오."

세네카는 지금 이 순간을 누리는 삶, 즉 'carpe diem'을 실천하며 살아갈 때 우리에게 주어진 인생은 길어질 수 있다고 말한다.

"매 순간을 자신의 필요에 따라 쓰고 하루하루를 자신의 전 인생인 양 꾸려나가는 사람은 내일을 바라지도 않고 또 두려워하지도 않는다오. 그것은 이미 배불리 실컷 먹은 사람에게 음식을 더 주는 것과 같기 때문이라오.".

우리 모두의 짧은 인생을 길게 만들어 주는 세네카의 철학 에세이 〈인생의 짧음에 대하여〉. 로마의 양곡 조달관인 파울리누스에게 헌정한 책이다.

세네카는 네로 황제의 스승 겸 참모로도 활동했으나 네로의 포학성이 점점 심해지자 공직에서 물러나게 되었다. 이후 연구와 저술에 힘을 쏟다가 반란음모 누명을 쓰고 네로의 명령에 따라 자살했다.

1세기의 로마는 여러 나라를 정복하여 라인 강 부근까지 힘을 확장시킨 나라였다. 안정과 번영 속에서 점차 물질적 사치와 감각적 향락에 빠져드는 로마인들을 보며 세네카는 인간의 올바른 이성과 선(善), 덕(德)의 가치를 동시대인들에게 교육하고자 애썼다.

〈인생의 짧음에 대하여〉에서 세네카는 인생의 길이는 수명이 아니라 얼마나 가치 있고 쓸모 있게 시간을 사용하느냐에 달려있다고 강조한다.

"기억을 더듬어보시오. 언제 그대가 자신을 마음대로 할 수 있었는지, 언제 그대의 얼굴이 두려움 없이 자연스런 표정을 지었는지. 얼마나 많은 시간을 어리석은 즐거움과 탐욕스런 욕망이 앗아갔으며 얼마나 적은 시간이 그대 손 안에 남아있는지 말이오."

어떤가. 지금 당신에게도 유효한 질문이라고 생각되지 않는가? 이천 년의 세월을 건너온 세네카가 오늘의 우리에게 묻는다.

당신은 '지금 이 순간'을 누리고 있습니까?

작품 속 명문장

철학(哲學)에 시간을 할애한 사람만이 자유로운 시간을 얻지요. 그들의 삶은 살아 있소. 그들은 주어진 세월을 소중하게 잘 쓸 뿐만 아니라, 모든 순간순간을 그들이 받은 시간에 더해 갈무리해둡니다. 그들 앞에 흘러간 많은 날들을 그들은 오롯이 자기 것으로 만들었다오.

10장 세상을 바꾼 '과학' 명저

"코페르니쿠스의 이론보다 인류 정신에 지대한 영향을 미친 발견은 없다."

괴테

29
천구의 회전에 대하여

On the Revolutions of the Heavenly Spheres, 1543

QR

인류의 중세적 우주관을 근대적 우주관으로 바꿔놓은 책

니콜라우스 코페르니쿠스
Nicolaus Copernicus, 1473–1543, 폴란드

열 살에 아버지를 여읜 코페르니쿠스는 삼촌의 후견 아래 학업을 계속했다.

폴란드의 크라쿠프대학에서 수학과 천문학을 공부한 그는 난해하기로 이름난 프톨레마이오스의 〈알마게스트〉*를 완벽하게 이해한 몇 안 되는 유럽의 천문학자였다.

신부가 되기를 바라는 삼촌의 권고로 이탈리아로 건너가 교회법 공부를 했지만, 그는 사제가 된 뒤에도 천문학을 손에서 놓은 적이 없었다.

• 프톨레마이오스가 150년경에 저술한, 지구중심설 이론을 담은 책.

지구중심설을 기반으로 한 〈알마게스트〉는 행성의 위치 계산에 도움을 주었지만, 지구 중심에서 옆으로 살짝 비켜난 이심원(離心圓)* 개념 등을 도입한 것은 왠지 부자연스러운 설정 같아 보였다.

우주에 대한 통찰이 깊어질수록 코페르니쿠스의 의문도 커졌다.
2천 년 넘게 세상을 지배한 프톨레마이오스의 우주론은 과연 맞는 걸까?
정말 태양은 지구 주위를 도는가?

그래서 그는 절충안으로 수성 금성 화성 등의 행성은 태양 주위를 돌고 태양은 지구를 중심으로 공전하는 또 하나의 체계를 가정해보았다.
여전히 공전주기로 인한 궤도충돌 문제가 해결되지 않았다.

• eccentric circle. 행성들의 역행현상과 태양과 달의 공전속도가 일정하지 않은 것을 설명하기 위해 도입한 개념.

그는 생각을 바꾸어 태양을 중심으로 행성궤도를 차례로 배치하고 지구는 금성과 화성 사이에 배열해보았다.

그리고 지구의 자전과 공전을 가정하니 천문학의 모든 문제가 퍼즐의 마지막 조각처럼 맞아떨어졌다.

이 얼마나 우아한 우주의 흐름인가?

그는 〈천구의 회전에 관하여〉에서 이 일을 이렇게 적었다.

"궤도의 크기와 주기 사이의 이렇게 조화로운 관계는 다른 어떤 배열에서도 찾아볼 수 없다."

코페르니쿠스의 새로운 배열은 프톨레마이오스의 주전원(周轉圓) 가설* 없이도 지구보다 바깥에 있는 외행성의 역행문제를 완벽하게 설명해줄 수 있었다.

그림처럼 지구가 E1, 2, 3, 4, 5, 6, 7의 궤적을 그리면서 태양 주위를 공전할 때 화성 같은 외행성이 P1, 2, 3, 4, 5, 6, 7의 위치에 있다면, 지구에서 볼 때 화성의 위치는 1→2→3→4→5→6→7의 위치대로 보이는데, 이때 3→4→5→6이 역행운동이다.

즉, 역행운동은 지구와 외행성 모두가 태양의 주위를 도는데 다른 속도로 돌기 때문에 생기는 "겉보기 운동"이다.

수성과 금성이 항상 태양과 붙어 다니는 것 또한 천문학의 난제였는데, 프톨레마이오스는 이를 수성과 금성의 주전원 중심이 지구와 태양을 연결한 선분 위에 존재한다는 가설로 설명했었다.

• 외행성들이 역행하는 이유가 궤도상의 한 점을 중심으로 작은 원운동을 하기 때문이라는 가설.

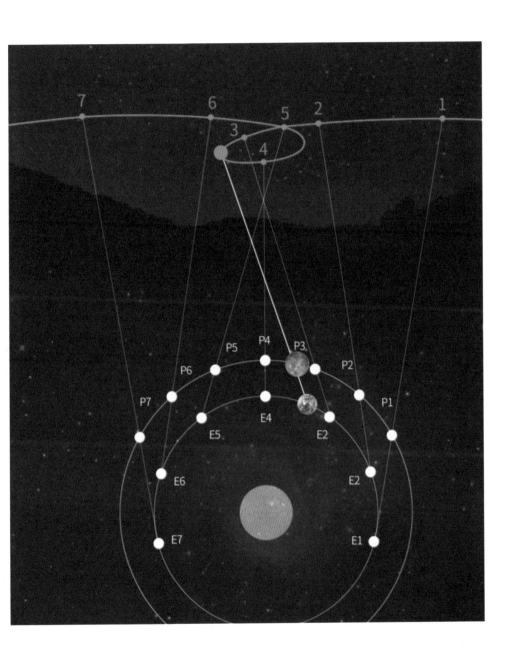

하지만 코페르니쿠스의 태양중심설에서는 이것도 아주 쉽게 설명되었다.

지구 안에서 공전하는 내행성은 그 위치가 어디건 일정 각도 이상으로 벌어질 수 없었다.

다른 어떤 가정도 없이 내행성의 최대이각(最大離角)* 현상이 해명된 것이다.

* greatest elongation. 지구에서 본 내행성과 태양 사이의 각 거리가 최대가 된 상태.

태양

금성

주전원

최대이각

이심원

지구

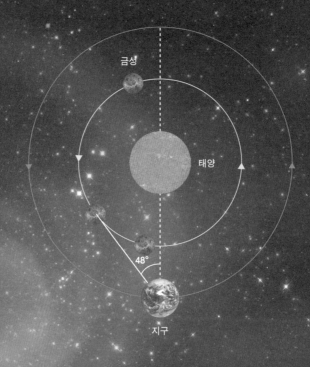

금성

태양

48°

지구

코페르니쿠스는 태양중심설 이론을 진즉에 정립했지만, 바로 발표할 수는 없었다.

오랫동안 인류가 진리라 믿어 의심치 않았던 세계를 뒤집는 것일 뿐만 아니라, 당시 절대적 권위를 갖고 있던 기독교적 세계관과도 충돌하는 이론이었기 때문이다.

제자의 끈질긴 설득으로 말년에야 책의 출판을 결심했고, 그의 일생일대의 거작 〈천구의 회전에 관하여〉는 이렇게 탄생했다.

프톨레마이오스의 지구중심설 천문학 체계에 대치되는 태양중심설 천문학 체계를 제시하여, 중세적 우주관에서 근대적 우주관으로의 이행을 촉발시킨 코페르니쿠스.

그가 쓴 책에서도 태양중심설의 역학적인 문제들, 즉 지구가 도는데 왜 우리는 그것을 느끼지 못하는지, 지구가 우주의 중심도 아닌데 왜 무거운 물체가 지구를 향해 떨어지는지 등의 의문은 미해결 과제로 남았다.

다행스러운 것은 코페르니쿠스의 이 어려운 저작을 이해하고 받아들인 유럽의 과학자가 열 명 남짓이었는데, 그중에 천문학자 케플러와 물리학자 갈릴레오가 있었다는 것이다. 이들은 각각 천문학과 물리학의 영역에서 코페르니쿠스 체계의 한계를 극복하고, 이를 더 많은 사람들에게 받아들여지게 하는 데 결정적인 공헌을 했다. 이런 의미에서 코페르니쿠스의 〈천구의 회전에 관하여〉는 근대 과학 혁명의 물꼬를 튼 책이라 할 수 있다.

코페르니쿠스의 업적은 과학뿐만 아니라 사회에도 커다란 파장을 미쳤다. 그가 '회전'이라는 용어로 사용한 'Revolution'은 훗날 '혁명'이라는 정치사회적 용어로 변용되었다. 또한 "코페르니쿠스적 전환(轉換)"이라는 말은 우리 삶의 방식이나 가치관의 혁명적 변화를 의미하게 되었다.

지금 당신에게 필요한 코페르니쿠스적 전환은 무엇인가?

작품 속 명문장

옥좌에 앉은 왕처럼, 태양은 주위를 회전하는 가솔(家率) 별들을 통치한다. 그렇다고 지구가 달의 시중을 받지 않는 것은 아니다. 아리스토텔레스가 그의 〈동물지〉에서 말했듯이, 달은 여전히 지구의 최측근이다. 그러는 한편 지구는 해마다 땅의 결실을 맺기 위해 태양으로부터 양분을 받아야 한다.

"지구의 자전과 공전을 인정하면 모든 문제가 해결된다."

〈대화〉 중에서

30

대화

Dialogue on the Two Chief World Systems, 1632

근대 물리학의 전통을 세운 명저

갈릴레오 갈릴레이
Galileo Galilei, 1564-1642, 이탈리아

이것은 갈릴레오 갈릴레이가 쓴 〈대화〉 초판본의 속표지 그림이다.

그림 속 세 사람은 누구일까?

맨 왼쪽은 철학자 아리스토텔레스다.

그 바로 옆은 천문학자 프톨레마이오스.

천동설, 즉 지구중심설의 완성자로, 지구가 우주 중심에 있는 천구의

를 들고 있다.

맨 오른쪽은 천문학자 코페르니쿠스.

지동설, 즉 태양중심설의 창시자답게 태양이 중심에 있는 모형을 들고 있다.

겉표지에는 책 내용이 한 문장으로 정리되어 있다.

"4일 동안 두 가지의 주된 세계체계, 프톨레마이오스 체계와 코페르니쿠스 체계에 관하여 그 철학적, 자연적 원인을 어느 한쪽에 치우치지 않고 공정하게 논하다."

지금이야 코페르니쿠스의 태양중심설이 당연한 진리지만, 당시만 해도 사람들은 프톨레마이오스의 지구중심설을 신봉했다.
아리스토텔레스의 자연철학을 계승한 이론이었다.
표지그림에서 아리스토텔레스와 프톨레마이오스가 '한통속'으로 표현된 이유다.

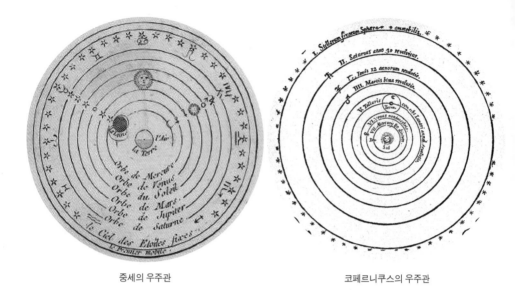

중세의 우주관   코페르니쿠스의 우주관

반면 코페르니쿠스의 태양중심설은 생긴 지 100년이 채 안 되는 신생이론이었다.

일찍부터 코페르니쿠스의 이론을 지지해온 갈릴레오는 1616년에 '더 이상 태양중심설을 거론하거나 옹호하지 말라'는 교황청의 경고를 받았다.

긴 자숙시간을 보내던 갈릴레오는 친구이자 후원자인 바르베리니 추기경이 교황 우르바노 8세로 즉위하자 그를 설득해 책의 출판 허락을 얻어냈다.

"아리스토텔레스 체계와 코페르니쿠스 체계를 가설로서 균형 있게 비교하겠다."

이것이 갈릴레오가 한 약속이었다.

이렇게 탄생한 책 〈대화〉는 코페르니쿠스 체계를 지지하는 철학자 살비아티, 아리스토텔레스주의를 옹호하는 철학자 심플리치오, 중립적인 입장의 시민 사그레도가 등장하여 지구와 천체, 지구의 자전과 공전, 그리고 조수 현상에 대해 4일간 끝장토론을 벌이는 책이다.

중세 우주론에 따르면 세계는 공 모양의 유한한 우주였다.
지구가 중심에 고정되어 있고, 태양을 비롯한 행성 천구들이 겹겹이 감싸고 있으며 가장 바깥쪽 항성 천구에는 붙박이별들이 달라붙어 천구와 회전한다.

저 멀리 있는 항성 천구도 24시간 만에 지구를 한 바퀴씩 돌아야 한다니, 그 속도며 거리가 너무 비효율적인 역학구조 아닌가?
떠돌이별과 갖가지 불규칙한 천문현상은 또 어떻게 설명할 것인가?
갈릴레오는 살비아티의 입을 빌어 이렇게 말한다.

"지구의 자전과 공전을 인정하면 모든 문제가 해결된다."

교황 우르바노 8세(1568-1644)

자신이 개발한 망원경으로 직접 천체를 관측하여 얻은 증거로 내린 결론이었다.

이 책은 대놓고 코페르니쿠스를 옹호하지는 않았지만, 책을 읽은 독자라면 자연스럽게 그의 주장에 고개를 끄덕이도록 한쪽 편에 힘을 실어주고 있었다.

일각에서는 '바보(simpleton)'를 암시하는 듯한 이름의 고집 센 심플리치오(Simplicio)가 교황 우르바노 8세를 모델로 한 인물이라는 소문도 돌았다.

그래서 이 책은 종교전쟁*을 겪으면서 지치고 민감해있던 교황을 자극하기에 충분했다.

결국 출간한 지 얼마 안 돼 금서가 되었고, 이듬해에 갈릴레오는 종교재판에 회부되어 종신 가택연금을 선고받았다.

죄목은 '심각한 이단 행위'.

성서 내용을 거스르고 '태양중심설'을 옹호한 대가였다.

• 독일을 무대로 구교와 신교 사이에 벌어진 '30년 전쟁'(1618~1648).

출간 당시 종교계와 과학계에 일대 파란을 일으키며 '위험한 책'으로 낙인찍힌 갈릴레오 갈릴레이의 〈대화〉. 원래 제목은 〈두 가지 주된 세계체계에 관한 대화(Dialogue on the Two Chief World Systems)〉인데 이를 줄여 보통 〈대화〉라고 부른다.

제목에서 암시하듯이 프톨레마이오스의 입장을 대변하는 인물과 코페르니쿠스의 입장을 대변하는 인물이 등장해 대화를 나누는 형식이다. 그런데 코페르니쿠스 체계를 지지하는 철학자로 나오는 살비아티는 실제로 갈릴레오의 절친 이름이기도 했다. 치우침 없이 공정하게 두 우주체계를 논한다고 했

니콜라우스 코페르니쿠스

으나, 갈릴레오가 코페르니쿠스 체계를 지지하고 있음을 은연중에 드러내는 과감하고도 위험한 설정이었다.

〈대화〉는 갈릴레오의 말년에 커다란 시련을 안겨주었지만, 자연을 추상화하고 수학화하는 근대 물리학의 전통을 세운 명저다. 그는 가

설에 지나지 않았던 코페르니쿠스의 학설을 입증하였고, 또 뉴턴이 중력을 발견해 근대 과학혁명을 완성할 수 있도록 견인차 역할을 하였다. 로마 교황청은 360년이 지난 1992년에야 갈릴레오의 공식 복권을 선언했다.

이 책의 대화 속에, 진리를 발견하는 것을 계단 오르기에 비유한 이야기가 있다. 계단이라는 걸 아예 모르는 사람에게 높은 탑을 보여주며 꼭대기에 올라갈 수 있겠느냐 물으면, 백이면 백 모두 불가능하다고 대답한다. 새처럼 훨훨 날아가지 않는 이상 오를 수 없다고 생각하기 때문이다. 하지만 4,50센티미터 높이의 돌을 가리키며 올라갈 수 있느냐 물으면, 저런 건 열 번, 백 번이라도 쉽게 오를 수 있다고 자신한다. 그런 다음 계단을 보여주면, 그 사람은 오르기 불가능하다고 믿었던 곳을 저렇게 오를 수 있음을 그제야 알게 되는 것이다.

역사 속의 과학자들이 쌓아올린 계단을 하나씩 딛고, 지금 인류는 여기까지 와 있다.

───────────

"이 새로운 우주체계는 쉽고도 요연하게 모든 현상들을 납득시키는
군. 많은 사람들이 옳다고 생각하는 기존의 우주체계는 사실 혼란스
럽고 머리가 복잡하네. 만약 우주가 이토록 복잡해야 한다면, 자연에
는 쓸데없는 군더더기가 없다거나 자연은 모든 일을 가장 쉽게 적재
적소에 처리한다는 철학자들의 격언을 다 폐기처분해야겠지."

───────────

"자연과 자연의 법칙은 어둠에 숨겨져 있었네.
신이 말하길, '뉴턴이 있으라!' 그러자 모든 것이 광명이었으니."

시인 알렉산더 포프의 '뉴턴 조사(弔辭)'

31
프린키피아

The Principia, 1687

17세기 과학혁명을 완성한 '과학사의 기적' 같은 책

아이작 뉴턴
Isaac Newton, 1642-1727, 영국

에드먼드 핼리   아이작 뉴턴

1684년 8월, 천문학자 핼리가 케임브리지대학 교수 뉴턴을 찾아와
물었다.

"만약 거리의 제곱에 반비례하는 힘을 받고 움직이는 물체가 있다면
그것은 어떤 궤적을 그리게 될까요?"

뉴턴은 망설임 없이 대답했다.

"그야 타원형이지요."

깜짝 놀란 핼리가 다시 물었다.

"어찌 그리 확신하시나요?"

"내가 예전에 계산해놓았거든. 다시 증명해서 보내주리다."

지구나 화성 같은 행성이 태양 주위를 타원으로 돈다는 것은 천문학자 케플러가 1609년에 이미 밝혀낸 것.
하지만 왜 타원운동을 하는지는 수십 년간 미해결 난제로 남아있었다.

영국 왕립학회 과학자인 핼리와 크리스토퍼 렌, 로버트 훅*은 토론 끝에 '태양 둘레를 공전하는 행성은 거리의 제곱에 반비례하는 힘을 받을 것'이라는 결론을 내렸지만, 수학적으로 증명할 방법이 없었다. 그래서 핼리가 천재 수학자로 이름난 뉴턴을 찾아갔던 것이다.

얼마 뒤 뉴턴은 핼리에게 "물체의 궤도운동에 관하여"라는 9쪽짜리 논문을 보냈다.
케플러의 세 가지 천체법칙이 완벽하게 증명된 논문이었다.
독창성에 감탄한 핼리는 뉴턴에게 이를 바탕으로 책을 쓰기를 권했고, 이렇게 해서 과학사상 가장 위대한 책 〈프린키피아〉가 세상에 나오게 되었다.

세 권으로 구성된 〈프린키피아〉에는 우리가 학교에서 열심히 외웠던 뉴턴의 세 가지 운동법칙** 과 중력(만유인력)의 법칙, 그리고 이를 통한 태양계 행성운동이 설명되어 있다.

• 핼리(Edmund Halley, 1656~1742)는 천문학자로 1682년 출현한 대혜성을 관찰했는데, 훗날 뉴턴의 역학을 적용하여 그 궤도를 산정 발표했다. 이후 대혜성을 핼리혜성이라 부르게 되었다. 크리스토퍼 렌(Christopher Wren, 1632~1723)은 건축가이자 옥스퍼드대 천문학 교수를 지냈고, 로버트 훅(Robert Hooke, 1635~1703)은 화학자 · 물리학자 · 천문학자였다.
•• 세 가지 운동법칙이란 관성의 법칙, 힘과 가속도의 법칙(F=ma), 작용-반작용의 법칙을 말한다.

"현상을 통해 수학적 형태로 표현된 힘(force)을 발견하고 이 힘을 이용해서 다른 현상을 설명한다."

뉴턴이 서문에서 밝힌 연구방법론의 핵심이다.
힘이라니? 텅 빈 공간에 무슨 힘?

당시 과학계를 지배했던 '기계적 철학'에 의하면 힘이라는 것은 물체의 운동이 낳은 효과에 지나지 않았다.
세상에는 '물질'과 '운동'만이 존재하기 때문이었다.

하지만 뉴턴은 '힘'이라는 새로운 존재를 과학에 도입했다.
그것도 막연한 힘이 아니라 정확히 계산할 수 있는 정량적인 힘, 지상뿐만 아니라 천상과 우주만물에 실재하는 꽉 찬 힘을.

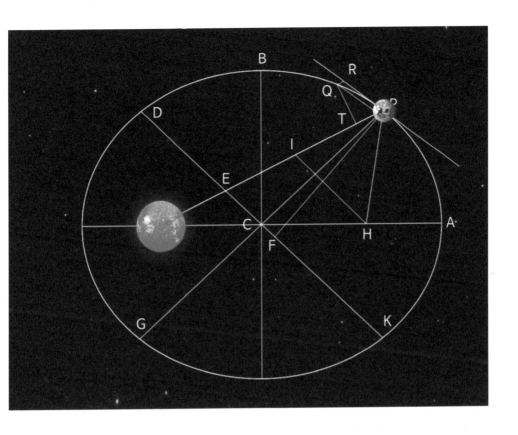

"나무에 매달린 사과가 아래로 툭 떨어지는 것은 중력 때문이고, 세게 던진 돌이 포물선을 그리다 바닥에 떨어지는 것도 중력 때문이다. 점점 더 세게 던져 마침내 지구 반대편을 넘어 바닥에 닿지 못하게 되면? 돌은 영원히 지구 주위를 빙글빙글 돌 것이다."

"달이 지구를 빙빙 도는 것도, 지구가 태양 주위를 도는 것도 서로 잡아당기는 힘 때문이다. **이렇듯 우주상의 모든 물체 사이에는 인력(引力)이 작용하고, 그 크기는 두 물체의 질량의 곱에 비례하며, 두 물체 사이의 거리의 제곱에 반비례한다.**"

이것이 만유인력의 핵심이다.

'완전한 신이 사는 하늘은 불완전한 인간이 사는 땅과는 별개로 움 직인다.'
당시까지만 해도 이것이 불변의 정설이었지만 뉴턴 이후 모든 것이 달라졌다.

〈프린키피아〉가 코페르니쿠스 이후 과학자들이 찾아 헤매던 답을 명쾌하게 제시한 것이다.
자연과학이 수학을 이용해서 확실한 진리에 도달할 수 있다는 것을 보여주었고, 이로써 과학은 신학과 철학의 그늘에서 벗어나 독립적 인 지식의 표본이 되었다.

17세기 과학혁명을 완성하고 인류 지식의 판을 뒤집은 위대한 책 〈프린키피아〉.

〈프린키피아〉의 원제는 '자연철학의 수학적 원리(Mathematical Principles of Natural Philosophy)'. 이중 '원리(Principles)'를 뜻하는 라틴어 '프린키피아'만을 제목으로 줄여 쓴다.

뉴턴이 20대 때 집 앞 사과나무에서 사과가 떨어지는 것을 보고 중력에 대한 통찰을 처음 얻었다는 것은 잘 알려진 일화다. 흑사병 때문에 대학이 휴교를 하자 집에 와 쉬던 1665~1666년 사이의 일이다.

많은 과학사학자들이 이 일화의 진실성에 회의적 입장을 갖지만, 그가 이 시기에 천체역학과 미적분, 근대 광학이론의 토대를 구축한 것은 사실이다. 그래서 과학사에서는 1666년을 '기적의 해'라고 부른다.

〈프린키피아〉는 자연과학이 수학을 이용해서 확실한 진리에 도달할 수 있다는 것을 보여주었고, 이로써 과학은 신학과 철학의 그늘에서 벗어나 독립적인 지식의 표본이 되었다.

동시대인들은 뉴턴을 신에 가장 근접한 인간이라 칭송했지만, 그는 우주의 이런 모든 힘과 질서야말로 신의 존재를 증명하는 것이라 생각했다. 자신은 거대한 진리의 바다 앞에 선 작은 인간일 뿐이라는 것이다.

"세상이 나를 어떻게 보는지 나는 잘 모르네. 하지만 나는 항상 자신을 바닷가에서 장난치는 소년이라고 생각했다네. 앞에는 아직 발견되지 않은 진리의 대양이 펼쳐져 있어서, 이제나저제나 더 매끈한 조약돌과 예쁜 조개껍데기를 찾으려 애쓰는 소년 말일세."

뉴턴이 임종 직전에 자신의 일생을 돌아보며 한 말이다.

작품 속 명문장

태양과 행성, 혜성으로 이어지는 이 우아한 체계는 완전한 힘과 지
혜를 가지신 신(神)의 심오한 손길과 설계가 없었다면 존재 불가능
하다.

———————

모네상스 '고전5미닛' 전체목록

미국의 비극 시어도어 드라이저
압살롬, 압살롬! 윌리엄 포크너
도리언 그레이의 초상 오스카 와일드
벨아 기 드 모파상
스페이드의 여왕 알렉산드르 푸슈킨
죽은 혼 니콜라이 고골
시스터 캐리 시어도어 드라이저
몬테크리스토 백작 알렉상드르 뒤마
죽음의 승리 가브리엘레 단눈치오

4. 공동선과 휴머니즘을 찾아서

행복한 왕자 오스카 와일드
주홍글자 너새니얼 호손
전쟁과 평화❷ 레프 톨스토이
레 미제라블❷ 빅토르 위고
부활 레프 톨스토이
위대한 유산 찰스 디킨스
님의 침묵 한용운
안네의 일기 안네 프랑크
두 도시 이야기❷ 찰스 디킨스
빌헬름 텔 프리드리히 폰 실러
마지막 잎새 오 헨리
아웃 어브 아프리카 카렌 블릭센
크리스마스 캐럴 찰스 디킨스
누구를 위하여 종은 울리나 어니스트 헤밍웨이
크리스마스 선물 오 헨리
아이반호 월터 스콧
삼총사 알렉상드르 뒤마
요셉과 그의 형제들 토마스 만
농부 마레이 표도르 도스토옙스키
민중의 적 헨릭 요한 입센
무정 이광수
상록수 심훈
정지용 시집 정지용
마음 나쓰메 소세키
도적떼 프리드리히 실러
아서 왕의 죽음 토머스 맬러리
바보 이반 레프 톨스토이

5. 아웃사이더 - 가난과 소외의 인문학

무무❷ 이반 투르게네프
가난한 사람들 표도르 도스토옙스키
목로주점❷ 에밀 졸라

미국의 아들 리처드 라이트
굶주림❷ 크누트 함순
톰 아저씨의 오두막 해리엇 비처 스토
8월의 빛 윌리엄 포크너
올리버 트위스트 찰스 디킨스
지하에서 쓴 수기 표도르 도스토옙스키
모히칸족의 최후 제임스 페니모어 쿠퍼
몰 플랜더스 대니얼 디포
홍길동전 허균
임꺽정 홍명희
수호전 시내암
라쇼몬 아쿠타가와 류노스케

6. 내 안의 또 다른 나, 양면성의 인간학

파우스트❶ 요한 볼프강 폰 괴테
황야의 이리 헤르만 헤세
지상의 양식 앙드레 지드
지킬 박사와 하이드 씨❶ 로버트 루이스 스티븐슨
어둠의 심연❶ 조지프 콘래드
마법의 산 토마스 만
죄와 벌❶ 표도르 도스토옙스키
토니오 크뢰거 토마스 만
좁은 문 앙드레 지드
르 시드 피에르 코르네이유
캉디드 볼테르
빌리 버드 허먼 멜빌
로드짐 조지프 콘래드
인간과 초인 조지 버나드 쇼
유리알 유희 헤르만 헤세
모차르트와 살리에리 푸시킨
야성의 부름 잭 런던

7. 가족, 슬픔과 기쁨이 시작하는 곳

밤으로의 긴 여로❷ 유진 오닐
카라마조프가(家)의 형제들❷ 표도르 도스토옙스키
고함과 분노 윌리엄 포크너
인형의 집❷ 헨릭 입센
등대로 버지니아 울프
내 죽으며 누워 있을 때 윌리엄 포크너
유령 헨릭 입센
고리오 영감 오노레 드 발자크
느릅나무 밑의 욕망 유진 오닐
아버지와 아들 이반 투르게네프

아들과 연인 데이비드 허버트 로렌스
부덴브로크 집안의 사람들 토마스 만
플로스 강의 물방앗간 조지 엘리엇
우수부인 헤르만 주더만
심청전 작가미상
한중록 혜경궁 홍씨

8. 청춘, 흔들리고 성장하고 모험하고

어린왕자 앙투안 드 생텍쥐페리
허클베리 핀의 모험 ❷ 마크 트웨인
데미안 ❷ 헤르만 헤세
젊은 예술가의 초상 ❷ 제임스 조이스
빌헬름 마이스터 수업시대 요한 볼프강 폰 괴테
수레바퀴 밑에서 헤르만 헤세
마지막 수업 알퐁스 도데
유년시절 레프 톨스토이
장 크리스토프 로맹 롤랑
왕자와 거지 마크 트웨인
이상한 나라의 앨리스 루이스 캐럴
톰 소여의 모험 마크 트웨인
보물섬 로버트 루이스 스티븐슨
데이비드 코퍼필드 찰스 디킨스
빨간머리 앤 루시 모드 몽고메리
80일간의 세계일주 쥘 베른
패밀러 사무엘 리처드슨
톰 존스 헨리 필딩
집 없는 아이 엑토르 말로
로빈슨 크루소 대니얼 디포

9. 현대인, 방황과 불안 속에 핀 꽃

율리시스 ❸ 제임스 조이스
황무지 T.S. 엘리엇
우스운 인간의 꿈 표도르 도스토옙스키
유혹자의 일기 ❷ 키에르케고르
말테의 수기 ❸ 릴케
더블린 사람들 제임스 조이스
와인즈버그, 오하이오 셔우드 앤더슨
악의 꽃 샤를 피에르 보들레르
댈러웨이 부인 버지니아 울프
밤은 부드러워 F. 스콧 피츠제럴드
초조한 마음 스테판 츠바이크
상자 속의 사나이 안톤 체호프

10. 부조리한 세상에서 실존을 외치다

이방인 ❶ 알베르 카뮈
시시포스의 신화 ❶ 알베르 카뮈
페스트 ❶ 알베르 카뮈
변신 프란츠 카프카
심판 프란츠 카프카
성 프란츠 카프카
잃어버린 시간을 찾아서 마르셀 프루스트
안개 미겔 데 우나무노
분신 표도르 도스토옙스키

11. 인간군상(群像)과 사회 풍자

돈키호테 ❷ 미겔 데 세르반테스
외투 니콜라이 고골
아Q정전 ❷ 루쉰
나는 고양이로소이다 ❷ 나쓰메 소세키
데카메론 지오반니 보카치오
억척 어멈과 그의 자식들 베르톨트 브레히트
캔터베리 이야기 제프리 초서
걸리버 여행기 조너선 스위프트
수전노 몰리에르
구름 아리스토파네스
인간 혐오자 몰리에르
가르강튀아와 팡타그뤼엘 프랑수아 라블레
오블로모프 이반 곤차로프
검찰관 니콜라이 고골
금병매 소소생

12. 그리스 비극, 인간에 대한 최초의 탐구

오이디푸스 왕 ❶ 소포클레스
안티고네 ❶ 소포클레스
클로노스의 오이디푸스 소포클레스
메데이아 에우리피데스
힙폴뤼토스 에우리피데스
오레스테이아 삼부작 아이스킬로스
결박당한 프로메테우스 ❶ 아이스킬로스

13. 셰익스피어 특선

햄릿 ❸ 윌리엄 셰익스피어
맥베스 ❸ 윌리엄 셰익스피어
리어왕 ❸ 윌리엄 셰익스피어
오셀로 ❸ 윌리엄 셰익스피어

로미오와 줄리엣 윌리엄 셰익스피어
베네치아의 상인 윌리엄 셰익스피어
한여름 밤의 꿈 윌리엄 셰익스피어
폭풍우 윌리엄 셰익스피어

14. 환상문학 컬렉션
(미스터리·판타지·미래소설)

동물농장 ❸ 조지 오웰
1984 조지 오웰
우리들 예브게니 자미아틴
오페라의 유령 가스통 르루
검은 고양이 ❸ 에드거 앨런 포
프랑켄슈타인 메리 셸리
타임머신 허버트 조지 웰스
드라큘라 브람 스토커
금오신화 김시습
구운몽 김만중
바스커빌 가문의 개 코난 도일
나사의 회전 헨리 제임스
슬리피 할로의 전설 워싱턴 어빙
몰타의 매 대실 해밋
트리스트럼 섄디 로렌스 스턴
아라비안나이트 구전문학
거장과 마르가리타 ❸ 미하일 불가코프
개의 심장 미하일 불가코프
도둑맞은 편지 에드거 앨런 포
일곱박공의 집 너새니얼 호손

15. 신과 인간 사이

신곡 ❸ 단테 알리기에리
실낙원 ❸ 존 밀턴
성 앙투안의 유혹 귀스타브 플로베르
고백록 아우구스티누스
천로역정 존 번연
쿠오 바디스 헨리크 시엔키에비치
기탄잘리 ❸ 타고르
라마야나 구전서사시

사상·교양

1. '역사'에서 미래를 만나다

역사 ❶ 헤로도토스
사기 ❶ 사마천
삼국유사 일연
로마제국 쇠망사 ❶ 에드워드 기번
플루타크 영웅전 플루타크
갈리아 전기 율리우스 카이사르
프랑스 혁명에 관한 고찰 에드먼드 버크
로마사 논고 니콜로 마키아벨리
상식 토마스 페인
삼국사기 김부식
자치통감 사마광
징비록 유성룡
봉건사회 마르크 블로크

2. '철학', 멋진 인생을 가꾸는 힘

차라투스트라는 이렇게 말했다 ❷ 프리드리히 니체
실천이성비판 임마누엘 칸트
정신현상학 ❶ 헤겔
의지와 표상으로서의 세계 ❶ 쇼펜하우어
창조적 진화 앙리 베르그송
니코마코스 윤리학 ❸ 아리스토텔레스
인간 자유의 본질에 관한 철학적 탐구 프리드리히 셸링
팡세 파스칼
아케이드 프로젝트 발터 벤야민
기술복제시대의 예술작품 발터 벤야민
도덕과 종교의 두 원천 ❶ 앙리 베르그송
사물의 본성에 대하여 루크레티우스
순수이성비판 임마누엘 칸트
에티카 스피노자
신학정치론 스피노자
방법서설 르네 데카르트
지각현상학 메를로 퐁티
향연 ❷ 플라톤
시학 아리스토텔레스
호모 루덴스 요한 하위징아
율곡전서 율곡 이이
대학 ❸ 주희
중용 자사
장자 장자

도덕경 노자
도덕의 계보 프리드리히 니체
우상의 황혼 프리드리히 니체
베풂의 즐거움 세네카
인생의 짧음에 대하여❸ 세네카
실용주의 윌리엄 제임스
유럽학문의 위기와 선험적 현상학 후설
철학의 위안 보에티우스
논리철학논고 루트비히 비트겐슈타인

3. 머스트 리드 '인문교양'

월든❶ 헨리 데이비드 소로
인간 불평등 기원론❶ 장 자크 루소
독일국민에게 고함 피히테
꿈의 해석❶ 지그문트 프로이트
프랭클린 자서전❷ 벤저민 프랭클린
훈민정음 세종대왕
난중일기 이순신
시민 불복종❷ 헨리 데이비드 소로
에밀 장 자크 루소
침묵의 봄 레이첼 카슨
우신예찬 데시데리우스 에라스뮈스
아레오파지티카 존 밀턴
동방견문록 마르코 폴로
수상록 몽테뉴
간디 자서전 간디
인생론 레프 톨스토이
쾌락원칙을 넘어서 지그문트 프로이트
영웅숭배론 토마스 칼라일
피렌체 찬가 브루니
의무론 키케로
계원필경 최치원
동국이상국집 이규보
성호사설 이익
자산어보 정약전
택리지 이중환
의산문답 홍대용
만요슈 오토모노 야카모치
백범일지 김구
탈무드❷ 유대교 율법서

4. 행복한 공동체 만들기, '정치·사회·경제'

권리를 위한 투쟁 루돌프 폰 예링

범죄와 형벌❶ 체사레 베카리아
진보와 빈곤 헨리 조지
군주론❶ 마키아벨리
목민심서 정약용
자본론 카를 마르크스
미국의 민주주의❸ 토크빌
사회계약론❸ 장 자크 루소
도덕감정론❸ 애덤 스미스
법철학 게오르크 빌헬름 프리드리히 헤겔
국부론 애덤 스미스
유토피아❸ 토머스 모어
법률 플라톤
리바이어던 토마스 홉스
폴리테이아 플라톤
통치론 존 로크
법의 정신 몽테스키외
정치경제학의 국민적 체계 프리드리히 리스트
영구평화론 임마누엘 칸트
프로테스탄티즘의 윤리와 자본주의 정신 막스 베버
유한계급론❸ 소스타인 베블런
인구론 토마스 맬서스
자본과 이자❷ 오이겐 폰 뵘바베르크
경제발전의 이론 조지프 슘페터
고용, 이자 및 화폐의 일반이론 케인즈
정치경제학 이론 윌리엄 스탠리 제번스
공산당 선언 카를 마르크스&프리드리히 엥겔스
자유론 존 스튜어트 밀
삼봉집 정도전
열하일기 박지원
삼민주의 쑨원
논어와 주판 시부사와 에이치

5. 아름다움을 찾다 사람을 보다, '예술'

라오콘 - 미술과 문학의 경계에 대하여❸ 레싱
숭고와 아름다움의 이념의 기원에 대한 철학적 탐구❸ 에드먼드 버크
인간의 미적교육에 관한 편지❸ 프리드리히 본 실러
비극의 탄생 프리드리히 니체
이온 플라톤
예술이란 무엇인가 레프 톨스토이
예술론 요한 볼프강 폰 괴테
시경 공자
판단력 비판 임마누엘 칸트

6. 세상을 바꾼 '과학' 명저

알마게스트 프톨레마이오스
<u>천구의 회전에 관하여</u> ❸ 니콜라우스 코페르니쿠스
<u>프린키피아</u> ❸ 아이작 뉴턴
대화 ❸ 갈릴레오 갈릴레이
새로운 천문학 요하네스 케플러
시데레우스 눈치우스 갈릴레오 갈릴레이
기하학 원론 유클리드
동물의 심장과 혈액의 운동에 관하여 윌리엄 하비
인간론 데카르트
방법서설·굴절광학·기상학·기하학 데카르트
새로운 아틀란티스 프랜시스 베이컨
신기관 프랜시스 베이컨
광학 아이작 뉴턴
종의 기원 찰스 다윈
특수 상대성 이론과 일반 상대성이론에 대하여 아인슈타인
동의보감 허준

7. 영원을 향해 서다, '종교'

그리스도인의 자유 ❷ 마르틴 루터
안티크리스트 프리드리히 니체
죽음에 이르는 병 키에르케고르
대승기신론소 ❷ 원효
고려대장경 불교경전
법구경 불교경전
꾸란 ❷ 무함마드
바가바드 기타 브야사
티베트 사자의 서 파드마삼바바
숫타니파타 불교경전
우파니샤드 철학경전
종교론 슐라이어마허
신학대전 토마스 아퀴나스
예수의 생애 르낭
이성의 한계 안에서의 종교 임마누엘 칸트

아트(그림)

애도 조토 디 본도네
우르비노의 비너스 티치아노 베첼리오
모나리자 레오나르도 다 빈치

천지창조 미켈란젤로 부오나로티
프리마베라 산드로 보티첼리
아테네 학당 라파엘로 산치오
대사들 한스 홀바인
스케이트 타는 겨울 풍경과 새 덫 피테르 브뢰헬
로사리오의 축제 알브레히트 뒤러
아르놀피니 부부 얀 반 에이크
성마르코의 주검을 찾다 틴토레토
십자가의그리스도 엘 그레코
톨레도의 엘레아노르와 그녀의 아들 아뇰로 브론치노
알렉산드로스 대왕을 맞는 다리우스의 가족 파올로 베로네세
십자가를 세움 페테르 파울 루벤스
성모 마리아의 죽음 카라바조
사티로스와 농부 야코프 요르단스
시녀들 디에고 벨라스케스
수산나 젠틸레스키
아폴론과 다프네 잔로렌초베르니니
사냥 중의 찰스 1세 앤소니 반 다이크
포키온의 매장 풍경 니콜라 푸생
목수, 성 요셉 조르주 드 라 투르
타르소스에 도착한 클레오파트라 클로드 로랭
야경 렘브란트
진주귀고리를 한 소녀 요하네스 베르메르
사치를 조심하라 얀 스텐
웃는 기사 프란스 할스
키테라 섬의 순례 앙투안 와토
곰방대와 물병 샤르댕
독서하는 소녀 프라고나르
헤라클레스와 옴팔레 프랑수와 부셰
결혼 직후 윌리엄 호가스
휘멘상을 장식하는 세 여인들 조슈아 레이놀즈
프랑스 대사의 베니스 도착 카날레토
사비니의 여인들 자크 루이 다비드
호메로스 숭배 앵그르
카오스 섬의 학살 외젠 들라크루아
1808년 5월 3일 프란시스코 고야
전함 테메레르 윌리엄 터너
메두사의 뗏목 테오도르 제리코
해변의 승려 프리드리히
건초마차 존 컨스터블
뉴턴 윌리엄 블레이크
이삭줍기 장 프랑수아 밀레
오르낭의 매장 귀스타브 쿠르베
삼등열차 오노레 도미에
건초 위에서 잠든 농촌 소년 앙커